Alexander Ritterbach

Odyssee eines Rückversicherers

Der Autor studierte, arbeitete und lebt noch.

Alexander Ritterbach

Odyssee eines Rückversicherers

epubli

Dies ist ein Roman, eine ganz und gar fiktive Geschichte. Namen, Gestalten und Begebenheiten sind Erzeugnisse meiner Fantasie, es sein denn, es handelt sich um historische Persönlichkeiten und Ereignisse, die ich jedoch, in vollem Wissen und mit reinem Gewissen in einer Weise umgestaltet habe, die meinen Absichten entsprechen.

Texte:	© Copyright 2022 by Alexander Ritterbach
Umschlaggestaltung:	© Copyright by CEHN
Fotos:	Siehe Bildnachweise u. eigene Aufnahmen/Collagen
Druck/Verlag:	epubli – ein Service der neopubli GmbH, Berlin

Mach‘ nur einmal das, von dem andere sagen,
dass du es nicht schaffst,
und du wirst nie wieder
auf deren Grenzen achten müssen.

James Cook, englischer Seefahrer und Entdecker

Ausschnitt aus Band 1 der sechsbändigen Serie "Der Geruch der Zeit" von Alexander Ritterbach.

EINLEITUNG

Krisenmanagement um die Jahrtausendwende.

In vielen Industrieländern kommt es ab März 2000 zum Platzen einer Spekulationsblase. Besonders betroffen sind die sogenannten Dot-com-Unternehmen, die einen weltweiten Börsencrash verursachen.

Die stark exportorientierte deutsche Wirtschaft bekommt in den Jahren 2001 und 2002 – vor allem nach den Terrorakten vom 11. September 2001 – die Folgen eines internationalen Konjunktureinbruchs zu spüren.

Im Zuge dieser Entwicklungen und Ereignisse, aber auch mit hausgemachten Problemen, geraten einige Rückversicherungsunternehmen in finanzielle Schwierigkeiten.

Gläser klirren, Fensterläden klappern, Gardinen schwanken:

In der Tat: Isar Re, die weltweit größte Rückversicherungs-Gesellschaft, verliert einen beträchtlichen Teil ihres Eigenkapitals und der Börsenwert sackt um fünfunddreißig Prozent.

Münchener Rückversicherungs-Gesellschaft

Aktiengesellschaft in München

1

Ohne Frage ist die Münchener Rück der schärfste Konkurrent der Isar Re auf den Weltmärkten.

Auch sie steuert in eine schwere Krise, nach einer Belastung von 2,2 Milliarden US-Dollar durch 9/11 und durch die Milliardenverluste, entstanden durch die Übernahme der American Re im Jahre 1996. Die amerikanische Rückversicherungs-Gesellschaft hatte sich als zu teuer und zu wenig werthaltig erwiesen, eine Tatsache, die den damaligen CEO über Jahre hinweg zum intensiven Nachdenken gezwungen hatte.

In diesen Zeiten reist er inkognito und zahlt bar, nie mit Kreditkarte.

Eine Odyssee des Grauens beginnt.

Ich bin nicht mehr, der ich damals war, aber noch kann ich mich der Vorgänge entsinnen, vielleicht sogar darüber berichten. Nun, auf die exakte Geografie der Ereignisse, die ich erzählen will, kommt es kaum an, aber ich werde die Geschichte *ab initio* erzählen, wobei mir überhebliche Weitschweifigkeiten widerstreben, ohne selbstverständlich kräftige Ironie zu verbannen, die die moderne Handlung uns unweigerlich aufzwingt.

Vielleicht hat sich alles auch ganz anders zugetragen. Halluzinationen waren in jenen Zeiten nichts Ungewöhnliches.

2

München, Herbst 2003.

Der Himmel hat etwas Atemloses, eine seltsame Spannung.

Drüben im Westen, drüben in New York, verlässt Leo O'Neill sein Büro am Broadway. Irgendwo in diesem Büro liegt die Kopie einer E-Mail, gesendet an die Münchener Rück.

Etwas Dramatisches ist geschehen, etwas über alle Maße Überraschendes, wie eine Riesenwelle, einer dieser himmelhohen Kaventsmänner, die aus dem Nichts auftauchen:

Die mächtige US-Ratingagentur Standard & Poor's (S&P) entzieht der Münchener Rück das wichtige Top-Rating "AAA" und senkt die Bewertung auf "A+".

Ihre Kritik: Zu wenig Kapital, zu wenig Rendite.

Forderungen, die S&P ständig wiederholt, jedes Mal eine Spur schriller als zuvor. Der Vorstand der Münchener Rück ist wie paralysiert. Blutleere, angespannte Gesichter, besorgt, verloren.

Schreckhaft hallt die Nachricht wider, nicht nur in der Rückversicherungsindustrie in Europa, sondern weit darüber hinaus. Die gesamte Geschäftswelt ist erschüttert von diesem Downgrading. Beängstigend werden die Nachrichten aufgenommen in New York, Tokyo, Sydney und in allen Ländern, in denen die Gesellschaft alle möglichen und unmöglichen Geschäfte treibt.

Die Münchener Rück, die auf eine über hundertjährige Geschichte als ein weltweit führender Risikoträger zurückblicken kann, steht am Abgrund. Und nun ist diese lichtscheue Geldmacht aus der Königinstraße dahin gerückt, wo sie nie hinwollte: ins Blickfeld der Öffentlichkeit. Die Welle ragt über der Gesellschaft auf wie eine unerbittliche Klinge und droht, sie zu zerschmettern.

Gefordert ist vor allem ihr oberstes Management.

Münchener Rück >> Der Vorstand

02 - "Der Unbekannte"
06 - "Der Alte"

Die Dinge, die sie sagen und tun, überdauern in den Geschichtsbüchern, denn in der Krise zeigt sich der wahre Wirtschaftsführer – und der hat in diesem Fall etwas von einem Priester, aber auch von einem Seemann.

[* Geschäftsbericht der Münchener-Rück-Gruppe 2002. S. 48]

3

Nehmen wir den Seemann, damit die Unwahrscheinlichkeit der Geschichte erträglicher ist.

Wie aus dem Nichts kommt ein Unbekannter daher, der das leckgeschlagene Schiff nicht verlässt, sondern den Zustand der Verwirrung und Niedergeschlagenheit nutzt und das Kommando übernimmt – so scheint es. Aber es handelt sich um einen feinen Schachzug des alten Kapitäns, eine lang gesponnene List.

Mit seiner langen Kinnpartie und hochgewachsenen Figur wirkt der alte Kapitän eher sanftmütig. Doch jetzt klingt er entschlossen, und seine großen, wilden Augen sehen düster, klug über all ihre Gesichter. Wenn er sitzt, so wie jetzt, sind seine langen Beine ineinander verschlungen, verhakt und verwickelt wie ein Schiffsknoten – und er ist noch keinesfalls in Begleitung des Furcht einflößenden Schnitters.

Schon kommt Kritik auf!

Der Unbekannte*, ein Mann von höchstens siebenundvierzig Jahren, bluffe nur, sagen die alten Seebären, denn er habe noch nie den Ozean, die Meere befahren. Ein Mann des Rechts sei er und habe, wie Rechtsgelehrte meist, wenig Sinn für Romantik. Dabei hatte der Unbekannte doch bereits den engen Rahmen des Büros überschritten und die erste Probe seiner erstaunlichen Verwegenheit und Findigkeit bestanden, obwohl er das Befehlen noch nicht so richtig gewohnt war.

(* Vielleicht ist es nur ein Gerücht, aber die schlichte Antwort auf seines Vaters letzte Frage, was er denn zu werden gedenke – Rückversicherer –, entlockte ihm den lebensklugen Satz: "So was muss es auch geben", und damit war er entlassen.)

4

Aus adeliger Familie geboren, war er als einfacher Maat für die Münchener Rück in die neue Welt gesegelt, und schließlich nach manchen Irrfahrten mitsamt dem Schiff vor Brasilien gestrandet, diesem riesigen Land unter dem endlosen blauen Himmelsgewölbe.

Wozu ist der Mann fähig in dieser unermesslichen Weite? Wozu würde er den Mut haben? Wohin konnte er wachsen in einem Land, in dem damals die Gesetze Ausländer untersagten, Rückversicherungsgeschäfte zu zeichnen?

Hier, wo plötzliche orkanartige Regengüsse kleine Bäche im Nu zu reißenden Flüssen werden ließen, musste er rasch improvisieren, um sicher den verschlungenen brasilianischen Versicherungsmarkt durchwaten zu können.

Não tem problema! Getrieben von einer gnadenlosen Neugier analysierte er alle möglichen und unmöglichen Geschäfte und sondierte Banditen von rechtschaffenen Kaufmännern, damit sich irgendwann stark bemannte Schiffe der Münchener Rück auf diesem noch unbekannten Meer zurechtfinden können.

Nie verwickelte er sich in dunkle Affären. Gleich einem kühnen und heldenhaften Seefahrer des Geistes hatte er zwar keinen neuen Kontinent, aber doch ein neues Reich entdeckt, um es der Münchener Rück zu erobern und die Landkarte ihrer *Terra incognita* zu ergänzen. Seine Umgangsformen halfen ihn dabei, die Beziehung seiner Gesellschaft mit dem brasilianischen Versicherungsmarkt zu verbessern und im Land selbst schlichtend auf unterschiedliche Interessengruppen einzuwirken – keine leichte Aufgabe in einer Zeit, in der Konkurrenten das Gleiche versuchten.

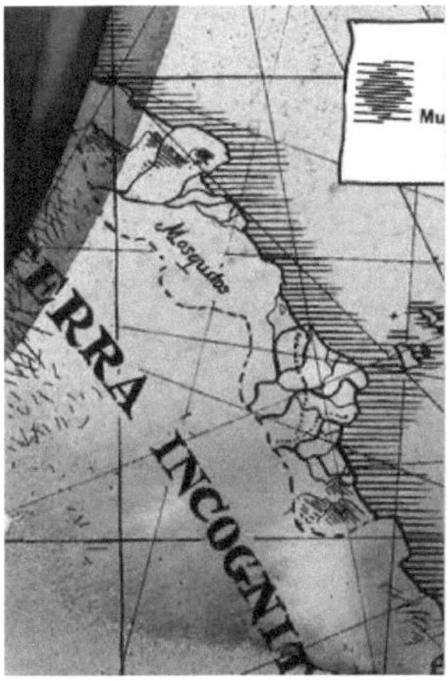

Es sind unvergleichliche Lehrjahre für den künftigen Weltfahrer gewesen.

Hin und wieder träumte er und gestattete sich die Vorstellung, später unter gewissen Umständen etwas völlig Aberwitziges für seine Gesellschaft zu tun, wie einen der großen Konkurrenten zu übernehmen, die *Swiss Re* zum Beispiel. Doch da sich diese Umstände nie ergaben, wäre sein Leben gleichförmig dahingegangen – eine Geschichte ohne Abenteuer. Doch Zufall oder Schicksal webt ihm eine andere Zukunft, denn alles ändert sich schlagartig mit dem Entzug des Topratings! Obwohl er aus privilegiertem Hause stammt, tritt er doch in seiner Funktion als Kapitän erstmals ins Licht der Öffentlichkeit.

Da zeigt sich plötzlich: In seinen Adern fließt der Tran des Siegers!

Und er weiß es, ebenso sicher wie Alexander der Große gewusst hatte, dass er zum Erobern geboren ist. Noch während alle über den Niedergang der Rückversicherung jammern, setzt er seine Brille, mit Gläsern rund und dick wie Schiffsluken – eine mit revolutionären Touch, man denke nur an Leo Trotzki – von seinem runden, bedrohten Haupt ab, schaltet den Autopiloten aus, nimmt das Steuerrad in die Hand und lässt das Schiff einhundertachtzig Grad abdrehen. Er spürt, wie seine Zukunft sich ihm nähert, die Verheißung kommender Tage, die aufregenden Jahre, die vor ihm liegen.

Obwohl kein sonderliches Verhalten den Helden andeutet, den Heros, und obwohl die Geschichte gezeigt hat, dass gerade der geistige Mensch, weil innerlich von der Verantwortung beschwert, in entscheidender Stunde selten zum Tatmenschen wird, weiß man schon nach der ersten Stunde, dass er ein starker Mann ist, zielbewusst und zäh. Er ist in der Geschichte zu Hause und spürt den Puls der Generationen in seinen Adern, das Blut seiner Vorfahren, hohe Beamte oder Offiziere im Dienste des Königreiches Bayern.

Schon jetzt ist er wie ein junger Staatsmann. Dazu kommt seine breite, klare Stirn, die auf ein streng logisches Denken hindeutet. Ein Mann mit sanften Umgangsformen. Trotzdem drückt er sich ungewöhnlich prägnant aus, freundlich im Ton, doch keinesfalls fantasielos. Er hasst die trägen Mechanismen der Bürokratiemaschine, jenes majestätischen Uhrwerks, das durch die vereinten Kräfte von Zufall, Gier, Intuition und Einfluss festlegt, was ist und was sein wird.

5

Er geht mit Bedacht vor, der neue Käpt'n.

Trotz wiederholten Lesens gewisser klassischer Stellen im Standardwerk der Rückversicherung von K. Gerathewohl, schöpft er nur unvollkommene Überzeugung aus dem Text, da die Antworten nicht für alle Punkte stimmen.

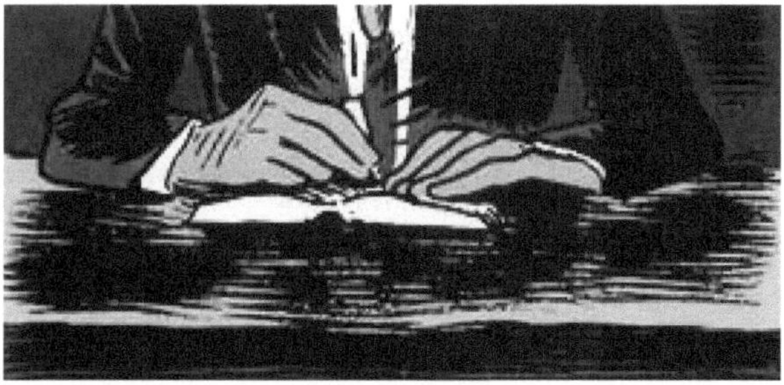

Aber auch aus einem anderen breitrückigen Werk, gleich ob ein philosophisches, medizinisches, juristisches, mathematisches, literarisches, kann er nichts herausziehen – ja, bei Gott, die Heilige Schrift selbst nicht ausgenommen. Es ist absurd, sich einzubilden, dass er sie nicht konsultiert haben soll, doch verlockt ihn die müßige Lust, ihre Seiten umzuschlagen.

Doch ähnlich einem militärischen Genie, dass man nur daran erkennt, dass es im Kriege der Kriegsregeln spottet und im gegebenen Augenblick die schöpferische Improvisation einsetzt statt der erprobten Methoden, beginnt er eine ungeheure, eine in den Annalen der Unternehmensgeschichte kaum vergleichbare Aktion.

Sein Problem sind die wenig ermutigenden Bezugs- oder Orientierungspunkte, außer vielleicht die laxe Kalkulation des Rückversicherungsgeschäftes, Fehlspekulationen des zum Konzern gehörenden Erstversicherers und der Kurssturz der schwer von der Krise gezeichneten Finanzbeteiligungen Allianz, HypoVereinsbank und Commerzbank, die sich verheerend auf die eigene Notierung auswirken.

Er ist ein Meister der ernsten Mimik, spricht nicht viel, sagt kein überflüssiges Wort, damit seine Offiziere, die ihm vertrauen und die Mannschaft nicht seine Sorgen erraten, etwa, dass auch er nicht die genaue Position seines Schiffes kennt. Auch beginnen beunruhigende Gerüchte an die Küste zu sickern, Gerüchte einer möglichen Übernahme der Münchener Rück durch eine andere Gesellschaft.

Wie dem auch sei: Der Käpt'n verfügt über kein Dokumentenmaterial als sein Gedächtnis und seinen Verstand. Das Abwägen jeden Hexameters, den er hinzufügt, nötigt ihn zu einer vorteilhaften Strenge, von der jene nichts ahnen, die vorläufige und verwaschene Sätze aufs Geratewohl hinschmieren und vergessen. Er weiß, eine falsche Entscheidung würde das Schiff und seine Besatzung zum Untergang verurteilen.

Peinlich genau, unbeweglich, mysteriös, spinnt er sein hohes unsichtbares Labyrinth.

6

"Der Atlas taugt nichts", sagt ein Offizier, ein gewisser John P. Wie-auch-immer, und reicht ihn dem Käpt'n.

Der öffnet ihn aufs Geratewohl. Er sieht eine Weltkarte. Mit plötzlicher Gewissheit nimmt der Käpt'n ein Winkelmesser, auf dem rundum die in Zehnerabständen nummerierte, 360-Grad-Einteilung der Kreislinie aufgedruckt ist und lässt alles mit einer Präzision, die ihresgleichen sucht, aber auch wirklich alles berechnen, sogar, was das Kreuzen gegen den Wind kosten könnte.

Er bemerkt, dass die Augen der Offiziere seinen ausweichen. Einige von ihnen sprechen gedämpft, als sei er schon tot, wollen ihm nicht glauben, verziehen nachdenklich den Mund und betrachten den Bleistiftspitzer so aufmerksam, als handelte es sich wirklich um ihr Schiff, das an den auf der Karte verzeichneten Küsten entlangfährt.

Vielleicht wollen sie ihm auch nicht glauben, weil sie befürchten, sich zu sehr zu freuen, dass jetzt endlich jemand Tacheles redet und, wenn er sich irrt, zu tief enttäuscht zu sein.

Natürlich, Entscheidungen, die nicht immer angenehm sein können, muss man durch Freundlichkeit und Fairness abmildern, und dabei hilft in erster Linie die persönliche Ausstrahlung, in dem Fall die des Käpt'n.

Doch es gibt Ausnahmen, ergo Fälle, die eine rigorose Vorgehensweise erfordern.

7

So ignoriert der Käpt'n das konditionelle "Wenn ..." am Eingang des Satzes, warum man denn nicht das zum Münchener Rück-Konzern gehörende Erstversicherungsunternehmen verkauft, ohne seinen GPS-Sender überprüfen zu müssen. Doch als der Druck unerträglich wird, sagt er den Bedrängern, er fühle sich wie dieser amerikanische General, den die Nazis belagerten – war es in Aachen? Als sie seine Kapitulation verlangten, lautete seine Antwort: "Ihr seid ja total verrückt!" Er wird sich, wenn überhaupt, erst viel später mit dieser Angelegenheit beschäftigen, was für viele Kritiker vollkommen unbegreiflich ist.

Nach diesem Beschluss, der auf 18-karätigen Grundsätzen beruht, geht es ihm wesentlich besser. Trotzdem kontaktiert er einen seiner Offiziere, Thorben Jeworski, den er als Tutor betreute, als dieser auf dem Schiff anheuerte. Ich muss dich um einen Rat bitten, sagt er, obwohl beide wissen, dass dem nicht so ist.

Seine *finale* Entscheidung wird er später so detailliert aufs Papier bringen, dass er dazu mindestens drei eng gedruckte Bände von je tausend Seiten mit ungezählten Bund und Rieß Dünndruckpapier benötigen wird.

Das dürfte selbst heftigste Kritiker überzeugen, allen voran die Aktionärsschützerin Daniela Bergdolt, aus der in dieser Sache ihre ganze Sanftheit gewichen war.

[Zu dem Zeitpunkt kann der Käpt'n noch nichts wissen vom Ausflug der Vertreter des Erstversicherungsunternehmens ins ungarische Budapest, wo ein Club sich damit brüstet, in Stoßzeiten die Nachfrage von hunderten Kunden pro Tag zu befriedigen.

In dieser Zeit wähnt er sich auf wackliger Wippe, wird zum Jo-Jo, zur Zitterpappel, fliegt von euphorischem Optimismus und Geltungstrieb zu selbstzerstörerischer Depression. Er wird Wörter sagen, die er während seines kurzen Militärdienstes aufgepickt hat und die in keinem Duden verankert sind. Das aufzuarbeiten, wird er erklären, stelle eine Herausforderung an ihn persönlich dar.

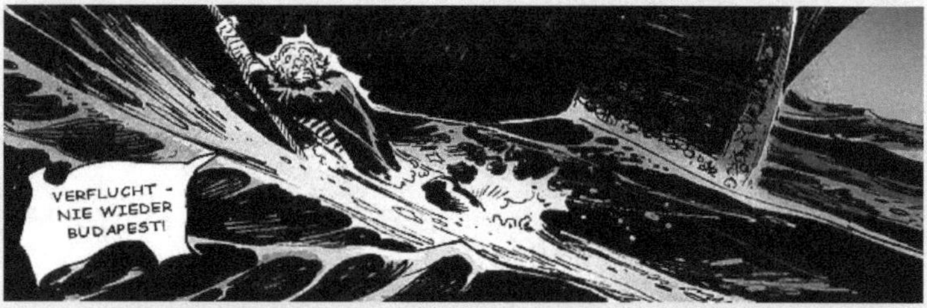

Ergo: Der Zorn des Käpt'n ist nicht zufällig; er ist eine vorbestimmte Tatsache!

Doch ich greife vor, denn es ja immer noch zu Beginn des Winters, zur Zeit seiner schlimmsten Probleme, als ihn die Angst plagt, die Münchener Rück könnte Pleite machen oder übernommen werden, und ich bin mir sicher, dass er sich insgeheim fürchtet und dass ihn das, was er sich da aufgehalst hat, sehr bedrückt.

8

In diesen schicksalsträchtigen Zeiten glaubt die Besatzung der Münchener Rück, abends und sogar nachts eigenartige Schritte auf dem Deck zu hören. Dann vermengen sich Hunderte von Stimmen wie ein Gewirr aus Trampelpfaden und Feldwegen:

Doch anders als die Mannschaft der *Pequod*, die auf das Stampfen des künstlichen, aus Walfischknochen geformten Beins ihres Kapitäns Ahab lauschte, ist es nur das Gipsbein unseres Käpt'n, ein Andenken an die Schwarze Piste von Kitzbühel, die *Streif*, über die er in weniger als zwei Minuten runterbrettern wollte.

Wie die meisten Denker schläft er nur wenig, grübelt allein über seine neuen Strategien nach und hält nicht wie ein Schiffbrüchiger an der Vorstellung fest, dass nichts geschehen würde.

Auch ansonsten, das sei noch vermerkt, erinnert er nur vage an Ahab aus Moby-Dick, es sei denn, der legendäre Käpt'n hätte den strengen Zwirn der Hochassekuranz getragen: Anzug 'Brunico' anthrazit von Brioni und eine navy-gemusterte Seidenkrawatte von Ermenegildo Zegna.

9

Die Münchener Rück bedurfte schon seit längerer Zeit der Reparatur, das war nicht wegzuleugnen. Da die Großaktionäre, vor allem die im Ausland sitzenden, langsam nervös wurden und alle Überredungskunst nichts mehr nützte, …

… verbreitete sich die Einsicht, dass sich etwas ändern musste.

Man hoffte, das angeschlagene Schiff noch am ehesten über Wasser halten zu können, indem man Ballast abwirft.

Also wurde es ein Jahr zuvor trockengelegt und von mächtigen Schichten von Muscheln und Seepocken um den Kiel herum befreit, die sogar den Namen des Schiffes unlesbar machten.

Damit sollte die Manövrierfähigkeit auf den Weltmeeren erhöht werden. Doch die Maßnahme war wenig erfolgreich. Diese auch "Termiten des Meeres" genannte Muschelart dringt ins Holz ein und höhlt es von innen aus.

Dass das Schiff – man entscheidet, es weltläufig auf *Munich RE* zu taufen – nun mit Kupfer beschlagen wird, deutet auf eine unmittelbar bevorstehende Reise hin.

Der neue Käpt'n erkennt die Tat, die er nun tun muss, um die *Munich RE* wieder flott zu kriegen. Die Idee wächst in ihm wie eine zähe Schlingpflanze, wie immergrüner Efeu breitet sie sich aus, bis sie alle Fugen und Ritzen seines Ichs ertastet und ausgefüllt haben. Mit eiserner Energie bereitet er sein großes Unternehmen vor; er will vollenden, was der alte Kapitän begonnen. Alle müssen ran!

[Nebenbei: Die *Munich RE* entstand ohne Zeitdruck. Anders als ihr kleineres Schwesterschiff, die *ERGO*, die auf der Werft in Düsseldorf, Nordrhein-Westfalen, in weniger als einem Jahr gebaut wurde. Deshalb war es nicht verwunderlich, dass die *ERGO* noch weniger stabil wirkte, auch weil sie fast ausschließlich von Hand gebaut wurde, wobei man die einzigartige Maserung des Holzes nicht genügend beachtete.

ERGO, das war kein sonderlich fröhlicher Name, aber sie war ja auch nicht gebaut worden, um Fröhlichkeit zu verbreiten, sondern um die Feinde abzuschrecken, was teilweise auch gelang.

Trotzdem: Die Schiffsbauer sahen mit einigem Stolz, wie die *ERGO* ins Wasser glitt, doch als sie endlich aus eigener Kraft schwamm, wusste niemand, was aus ihr werden würde. War sie ein Modell für die Zukunft, oder gehörte sie schon der Vergangenheit an?]

10

Die *Munich RE* liegt nun an einer bescheidenen Anlegestelle in Bremerhaven.

Als der Käpt'n das Haus verlässt, peitscht ihm heftiger Wind ins Gesicht. Schneeflocken wirbeln in der Luft, es mag wohl fünfzehn Grad unter null sein. Schon den ganzen Tag hat es immer wieder geschneit.

Das deckt sich mit der Prophezeiung von Oberleutnant zur See Gerhard Bertz, der schon frühmorgens in einer Brise geschnuppert und den Schnee gerochen hat, damals, vor der Meteorologie die einzige Möglichkeit, solche Vorhersagen zu treffen.

Die Kälte spielt durchaus eine Rolle bei der allgemeinen Übellaunigkeit.

Bestätigt wird die Wetterlage von Oberstaatsbootsmann Thomas Macke, …

… der auch gleich die Wahrscheinlichkeit möglicher Schäden berechnet, die das Schiff in ein Wrack verwandeln könnten.

11

Der "Alte Kapitän" ist von der alten Schule. Seine hellen, kurzgeschnittenen Haare sind inzwischen mit einer Menge Silber durchsetzt. Mittlerweile trägt er Zivil, weshalb er sich nur noch mit einem Nicken von der Crew der *Munich RE* verabschiedet. Sein steinernes Profil mit Augenbrauen wie Fledermausflügeln zeigt keinerlei Regung, doch man hat den Eindruck, sein Kinn wirke nicht mehr so kantig, wie es eigentlich sollte.

Nun, er ist zwar nicht mehr im Dienst, kann es jedoch nicht lassen, den neuen Käpt'n zu beaufsichtigen, um einzugreifen, sollte etwas völlig aus dem Ruder laufen. Nachdenklich und etwas skeptisch steht er am schneebedeckten Pier in Bremerhaven, schwer atmend, und lässt die kalte, herbe Luft seine pulsierenden Schläfen umspielen.

… sagt hinter ihm eine ewig vorwurfsvolle Stimme, die perfekt für jedes Impeachmentverfahren gewesen wäre.

Er braucht sich nicht einmal umzudrehen.

"Geh nach Hause, Horst K.", flüstert er. "Lass mich in Ruhe."

*

Lastend und seelenverstörend hat in diesen Monaten die elektrische Spannung über München gelegen; aber noch drückender, noch drohender schwelt die Erregung an der Nordseeküste.

12

Die Crew und Freiwillige werden instruiert und ausgerüstet. Dabei spielen sich zum Teil erschütternde Szenen ab.

"Ich zische ab", sagt Clement. "Vergiss nicht", sagt er noch einmal warnend beim Verlassen des Schiffes, "es ist dumm, dorthin zu segeln. Verflucht, du forderst das Schicksal heraus!"

Einige Offiziere wollen sich vor der Seereise drücken, geben an, andere Verpflichtungen zu haben. Das lässt der Käpt'n nicht durchgehen. Das sei so, als wollten sie auf dem Küchentisch schwimmen lernen, sagt er in einem Ton zwischen Rat und Befehl.

Das Schiff wird neu betakelt und versehen mit allem, was für eine lange und gefahrvolle Reise nötig ist: Seeleute, Offiziere, Steuerleute, Ruderknechte, Dolmetscher, Handwerker, Kriegsleute, Lebensmittel, Geschütze, Munition, Kleidungsstücke wie Seemannshosen, die die Nieren nicht einpressen.

Jede Ware überprüft der Käpt'n, jede Rechnung rechnet er noch einmal durch, jedes Tau, jede Planke, jede Waffe an Bord untersucht er persönlich.

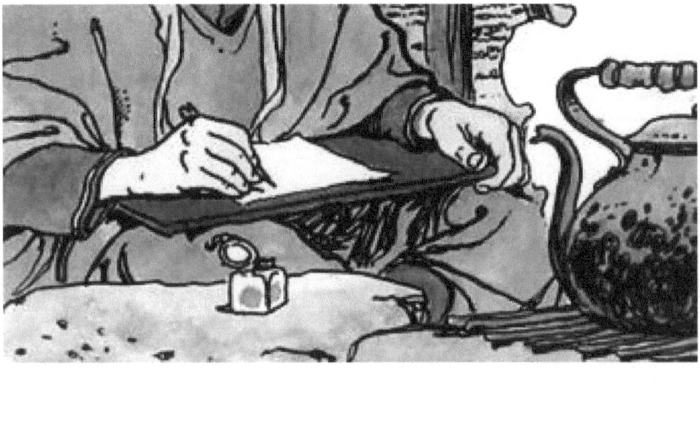

Von der Mastspitze bis zum Kiel kennt er die *Munich RE* wie jeden Nagel an seiner Hand. Jedes Crewmitglied erhält eine Funktion. Die Liste, die er erstellt, ist in ihrer geordneten, fast bürokratischen Form durchaus vergleichbar mit dem homerischen Schiffskatalog zum Trojanischen Krieg. Was den Teil angeht, der die Namen enthält, so ist ersichtlich, dass ein *homme de lettres* sie gedrechselt hat, den es giert, mit wohltönenden Namen zu gefallen.

Jetzt fehlt nur noch eine Strategie. Da Clement von Bord ist, muss der Käpt'n sie halt selbst finden.

13

Auch wenn in seiner dunklen und tapferen Geschichte zahlreiche Lücken klaffen, so beginnt doch am 12. Januar 2004 (dieses Datum vergesse ich nicht), um die *Munich RE* vor der Verdammnis zu bewahren, der Unbekannte, Käpt'n, Abenteurer und Rebell, seinen Weg in die Unsterblichkeit.

Er steigt vom Fahrrad und lehnt es an den Bordstein an der Schleusenstraße im Neuen Hafen.

Bevor er seine Fahrradklammern abgenommen hat, nähert sich ihm vertraulich einer seiner Offiziere mit tiefhängenden Lidern, sein bester Freund, bekannt für seine geduldige, ruhige Art, mit der er jede auch noch so abseitig scheinende Frage beantwortet. Ein paar Worte werden gewechselt.

Vor der versammelten Crew hält er noch eine kurze erbauliche Ansprache über das Wesen der Schifffahrt, die er mit allerlei passenden Stellen aus der Heiligen Schrift durchflechtet.

"Männer und Frauen der *Munich RE*! Wir können den Wind nicht ändern, aber die Segel anders setzen!"

Dann endlich teilt man ihm mit, das Schiff sei klar zum Auslaufen. So gibt er denn den Befehl in See zu stechen, hinauszufahren in einen Morgen voller unbeantworteter und ungestellter Fragen. Sie fahren nicht aus Gewinnsucht oder um Handel zu treiben auf dem Meer umher, sondern die einzige Veranlassung zu ihrer Seefahrt ist das heftige Verlangen, das Orakel von Standard & Poor's aufzusuchen, es zu sehen, kennenzulernen, zu erkunden, und zu versuchen, wieder das höchste Finanzstärkerating für die *Munich RE* zu erlangen.

Der Schnee fällt in Klumpen, als wäre er bereits irgendwo hoch oben in der Stratosphäre zu Schneebällen geformt worden, unbarmherzig und ohne Unterlass. Der Pier ist weiß, und das Gelände und die Häuser dahinter schimmern fahl und gespenstisch unter der zentimeterhohen Schneedecke, deren Wellen aussehen wie der Faltenwurf eines Totenhemdes. Nachdem das letzte Ankertau gelöst ist, legt der schwere und düstere Körper der *Munich RE* langsam von der schneebedeckten Kaimauer ab. Ein rostiger Spieß ragt aus dem Bug des Schiffes hervor wie der ausgestreckte Arm eines Schiedsrichters.

Erschüttert fühlen sie die Nordseeküste schwinden, wissen sie doch alle, alle, dass sie jedweden Annehmlichkeiten Abschied sagen auf Monate, wenn nicht Jahre, manche vielleicht für immer.

Der Käpt'n macht auf Helgoland aufmerksam, diese geheimnisvolle Insel, die da, wo andere Inseln auf dem Wasser hocken oder dösen, wie aufrecht steht, wie das letzte Hochstehende, der letzte Boden vor der endlosen Weite des Atlantiks.

WORLD MAP
RUSSIA
MONGOLIA
CHINA
INDIA
KAZAKHSTAN
AUSTRALIA
LIBYA
ALGERIA
Greenland
CANADA
UNITED STATES
BRAZIL
ANTARCTICA

14

Es folgen mehrere Tage, an denen die *Munich RE* mechanisch, doch einem genauen Kurs folgend, das Wasser durchpflügt.

Die Mannschaft ist frohgelaunt und singt schon mal unverdrossen …

… obwohl das nicht so ganz stimmt.

15

Doch der hier das Sagen hat, der wahre Käpt'n des Schiffes, lässt sich nicht beirren. Auch nicht, als ihn einer seiner Offiziere, verantwortlich für die Wirrnisse in den Rechnungsbüchern mit deutlich zu starken Fokus auf die Investmenterträge, argwöhnisch und gespannt anblickt, als hätte er auf der Luvseite soeben eine hässliche Wolke entdeckt. Dieser Offizier, zäh und eher mittelgroß als groß, oft zynisch, rational und manchmal gefühlbetont, hat listige Augen. Listig neugierig, hinter randloser Brille. Die Überzeugung, recht zu haben, ein machtvolles Fließen, regt sich in den Gedärmen des Mannes und brennt in seinen Beinen.

Obwohl man dem Offizier verschwörerisch zulächelt und ihm mit Wohlgefallen lauscht, da er das Alte verteidigt, jagt der Käpt'n ihn nicht aus Hass fort, denn dieser Teil seiner Besessenheit ist ihm fremd.

Jedoch schreckt er nicht davor zurück, den Mann, den man nicht umsonst *Die Raue Eminenz* nennt, am Mastbaum festzubinden und seine Ohren mit Wachs zu verstopfen, damit er dem Gesang der Sirenen widersteht, der von den Klippen und vom weit entfernten Arabellapark herüberdringt, damit der Mann kein Meuterer wie Steelkilt wird, der jeden Käpt'n einschüchtert.

Der Käpt'n selbst verschließt nicht sein inneres Ohr vor dem Gesang der Feindinnen der Menschenvernunft, wie Odysseus, Sohn des Laertes, aus der Sippe des Zeus in den unvergänglichen Abenteuern, denn er muss die Details hören. Nur wenn er diese kennt, kann er geeignete Maßnahmen in die Wege leiten.

... UND WIR KÖNNEN DIR ALLES ERZÄHLEN,
WAS GESCHEHEN WIRD MIT DER MUNICH RE ...!

Clever.

16

Die Tage gehen sanft und geschwind vorüber, allerdings begleitet von einer seltsam aufgeladenen, einer unnatürlichen Stille. Es ist, als hinge etwas in der Luft.

Schon bald zeigt sich, es ist nicht das Mittelmeer, von Aposteln überquert und von Odysseus besegelt, seidenglatt wie ein Laken im frischbezogenen Bett und mild, eine herrlich in der Sonne flimmernde Badewanne. Nein, der grobe, graue Nordatlantik packt sie mit aller Kraft, scheppernd, stoßend, grollend.

Ein Blick auf das Barometer zeigt, mit welcher beängstigenden Geschwindigkeit die Quecksilbersäule sinkt. Die ersten Tropfen fallen, dick und platschend.

Es dauert nicht mehr lange. Ein jäh auffrischender Wind wird zum Sturm, und bald zu einem jener plötzlichen Orkane, wie sie häufig in dieser Gegend aufspringen.

Dicke Wellen schäumen mächtig auf, springen in spitzen, flammenartigen Riesenzungen empor.

Ein Graupelschauer hat eingesetzt, wie ihn selbst die erprobtesten Seeleute nur selten erlebt haben, stechende Nadeln vom Wind gepeitscht. Sturzwellen überfluten das Deck, Gegenstände werden zerschmettert. Die Mannschaft gerät in die größte Bestürzung. Nur der Kapitän behält den Kopf oben. Er such bald diesen, bald jenem Mut zuzusprechen und beweist allen, dass der Himmel ihnen bald zu Hilfe kommen werde.

Einige der Offiziere füttern die Fische reichlich mit dem Inhalt ihrer Mägen, liegen jammernd und halbtot auf dem Deck, alle Heiligen beiderlei Geschlechts anrufend.

Der Hagel peitscht die Hände des Käpt'n, der Regen rinnt ihm über den Rücken, das Toben der Luft raubt ihm den Atem.

Da blockiert er das Ruder, ...

... und bringt seinen Offizieren – trotz Stock und Gipsverband – Sicherheitsgurte, deren Karabinerhaken er selber am Backstag einhakt.

Einen Tag, zwei Tage dauert es, bis der Orkan nachlässt.

Doch der Käpt'n zögert, mehr Segel zu setzen. Stattdessen befiehlt er eine langsame Fahrt und das Lot werfen, denn es gibt nur wenige Faden Wasser unter dem Kiel und überall gefährliche Riffe, und der Sturm hat dem Schiff übel mitgespielt, und man kann sich nicht auf die Obermasten verlassen.

Eine Aufgabe, ohne Wenn und Aber, für Offiziersanwärter Joachim, der passabel Türkisch spricht, aber nicht Bayrisch. Joachim zählt die Faden gewissenhaft ab, krampfhaft bemüht, etwas nautischen Singsang in seine hoffnungslose Stimme zu legen. Auch behauptet er, gegen den Strom schwimmen zu können, denn nur dann gelänge er an die Quelle. Der Käpt'n hält viel von ihm, errät in gewissen Verwirrungen einen heranreifenden Verstand und sieht in dieser lebendigen, männlichen Gestalt die Prädestination einer Zukunft.

Nach den kommenden Monaten, isoliert auf dem gewaltigen Ozean, wird der Käpt'n mit einiger Bitterkeit begreifen, dass von jenen seiner Jünger, die seine Lehren passiv hinnehmen, nichts zu erwarten ist, wohl aber von denen, die hie und da einen vernünftigen Widerspruch wagen.

Überdies stehen immer noch sechs, acht Geier hoch oben in der Luft, mit reglosen, stummen Schwingen gleiten, schweben, kreisen sie über dem Schiff, als arrangierten sie ein gewaltiges Mobile.

17

Sie setzen ihre Reise fort, ohne auf etwas Besonderes zu stoßen. Meer und Himmel vollziehen ihre Zyklen von Tag und Nacht in schönen oder bedrohlichen Farben, je nach Gemütsverfassung, in der man sie betrachtet. Die Zeit scheint endlos zu sein.

Das Verbindende zwischen Oberstaatsbootsmann Thomas Macke und der Crew ist das Risiko. Er widmet sich der Statistik und behauptet, die Chance, von einem Hai angegriffen zu werden, sei etwas so groß wie die, vom Blitz getroffen zu werden. Und äußerst seltsam sei es, dass sich bis dahin noch niemand systematisch mit diesem Thema auseinandergesetzt habe.

"Die Angst vorm Tod ist allgegenwärtig", pflichtet ihm sein Chef, Offizier Stephanus bei, aber er solle doch besser all die Gefahren statistisch erfassen, die im Tabak, in Konservierungsmitteln, in Asbest, in den ganzen Schädlingsbekämpfungsmitteln, oder im Wasser der vom Plastik verschmutzten Weltmeere lauern. Mit anderen Worten: Er soll Fakten für den Weltuntergang sammeln. Nun, jeder hat irgendeine Macke.

18

Im dritten Monat sehen sie Land: die kleine Insel Santa Luzia, die zu den Kapverdischen Inseln gehört.

Und dann kommen sie auf das Wrack auf dem Riff João Valente, das Wrack einer unglücklichen Rückversicherungs-Gesellschaft – keiner kann sich im Augenblick ihres Namens erinnern, bis ein Bootsmaat, der so aussieht wie Robert De Niro, darauf kommt, *Frankona.*

Richtig, das Schiff heißt *Frankona* und obwohl es in Münchens Maria-Theresia-Straße registriert war, fuhr es unter amerikanischer Flagge für eine schweizerischer Gesellschaft, die *Swiss Re.* Und Leute von der Swiss Re hatten es vor nicht allzu langer Zeit versenkt.

(Nebenbei: Jener Teil der Werft, in dem die *Frankona* entstand, existiert noch heute, allerdings werden dort keine Schiffe mehr gebaut)

Erwarten sollte man ein Wrack. Eigentlich.

Doch es geht die Sage, die zu einer Legende geworden ist, dass man das Schiff bei klarem Wasser immer noch sehen kann, voll aufgetakelt und segelbereit, beladen mit Schätzen aus Südamerika und Puerto Rico. Sie liegen jetzt irgendwo halbverborgen im Sand des Bodens, wo auch die Knochen von fast zweihundert toten Männern und Frauen ruhen. Und tatsächlich, dort im grünen Zwielicht in der Tiefe liegt die *Frankona*, und die Brandung rollt über sie hinweg.

Die Mannschaft der *Munich RE* ist versteinert vor Entsetzen.

In diesem Augenblick wird Homers Weisheit "Doch wir horchen allein dem Gerücht und wissen durchaus nichts" zur Gewissheit, aus der Fiktion Wirklichkeit.

Jedoch dem Käpt'n steht nicht der Sinn nach Schätzen.

...sagt er und so laut, als spräche er mit einem Schwerhörigen. Auch hat er keine Zeit, erstaunt zu sein, die Ereignisse folgen so rasch und unausweichlich und unaufhaltsam aufeinander, als wären es eine Reihe aufgestellte Dominosteine, die nacheinander umfallen.

Also werfen sie nicht die rostige Ankerkette, sondern segeln weiter, immer weiter, mit voller Kraft voraus in die großen, tiefen Gefahren der Meere.

19

Vom *Frankona*-Wrack abgesehen, verläuft die Reise ereignislos. Unter verändertem Himmel gleicht ein Tag dem anderen und jeder besteht aus einer Abfolge von Tätigkeiten: essen, schlafen, Wache gehen, Deck schrubben, die Taue aufrollen, Ordnung unter den Dingen halten. Doch gelegentlich ereignet sich doch noch etwas Interessantes in dieser trostlosen Einöde der Meere. Der Käpt'n vermerkt im Logbuch: '8:35 – Lotsen kommen an Bord und walten ihres Amtes!'

Meist kommen sie im Rudel. Jung, hager und wild dreinblickend. Sie stellen irgendwelche Forderungen, befragen die Mannschaft über ihr Tun und Treiben und fassen später dann alles, ehe sie wieder in ihr Boot steigen, in langen Ermahnungen an die herbeigetriebene Crew zusammen.

Diese aalglatten jungen Winkeladvokaten, die aussehen, als seien sie gerade volljährig geworden, die perfekt Englisch mit Oxford-Akzent sprechen versichern alle Riffe, Sandbänke und Kaps mit verräterischen Untiefen zu kennen. Und dass es notwendig ist, in diesen schweren Zeiten endlich quer zu denken und das gefälligst *outside the box*.

Schon nach wenigen Tagen behaupten sie, die *Munich RE* verstoße gegen wesentliche nautische Prinzipien, wie rigorose Kostenminimierung und werde, wenn das so weitergeht, aus dem Handelsregister gelöscht.

Die Lotsen schreien ihre Standpauken auf die Mannschaft nieder. Außerdem haben die Angewohnheit, auf ihre übliche Art in die Kajüten hereingeplatzt zu kommen, als hätten sie eine Geheimtür in der Wand entdeckt.

Derart gestresst beginnt Oberstaatsbootsmann Macke über alle möglichen Themen zu reden, die keinen Menschen interessieren können. Wie zum Beispiel den künftigen Aufprall eines Mega-Meteoriten in Äthiopien, und die Unmöglichkeit, den Versicherungsschaden desselben vorherzusagen. Oder er berechnet die gespenstisch mathematische Seite einen Atomunfalls oder eines kontrollierten Austauschs von Feindseligkeiten, und derartigen beruflichen Kleinkram.

Die Unteroffiziere und Matrosen fluchen, wie halt Seemänner fluchen, und verdammen diese Leute, die das Unglück auf sie herabbeschwören, aber, um kein Risiko einzugehen, bücken sie sich, schrubben das Deck noch einmal und tun, wie befohlen.

Die Lotsen hingegen, denen man ansieht, dass sie keine Lust empfinden, sondern eine Aufgabe zu erfüllen haben, passen sich an, wie ein Chamäleon. Das ist ihr Lebenselixier.

Es wäre falsch zu behaupten, die sie hätten keine Freunde. Wenn sie mal Probleme haben, greifen sie nach Fläschchen und Löffel. Gut, ihnen fehlt dann im ersten Moment die Orientierung, das Opium legt einen dichten Nebel über ihre Gedankengänge, aber sie können nicht ohne.

Der Stoff ist dämonisch, tröstend, er ist ihr Freund und Ratgeber – und hilft beim Vergessen, was bereits der listenreiche Odysseus wusste. Doch Opium ist die Monsterwelle der Drogenwelt. Das unbezwingbare Ungeheuer. Diese Riesenwelle reitet man nicht, sie reitet einen – und sie reitet einige von ihnen in Grund und Boden.

Andere Lotsen huldigen der Fruchtbarkeitsgöttin Demeter, die den Mohn und seine vergessen machende Wirkung entdeckt und den Menschen zum Geschenk gemacht hat.

Sie huldigen Adonis, dem Gott der Schönheit …

… und auch Plutos, dem Gott des personifizierten Reichtums.

Abgeschworen haben sie Harmonia, der Göttin der Eintracht …

… und Zelos, dem Gott des Eifers.

Okay, in Wirklichkeit zelebriert er einen Joint. Aber er verhält sich äußerst diskret dabei. Nur seine Augen weiten sich gierig, als er inhaliert und die Luft anhält, grüne Augen, grün und glasig wie der Boden einer Chianti-Reserva-Flasche.

Wochen später.

There is no catch, ohne die vorlauteste Aufschneiderei bezahlt der Zahl- und Säckelmeister der *Munich RE* die Lotsen fair und in englischer Sprache, natürlich, aber nur deswegen, weil das Schiff ihnen ja ein weiteres Mal ausgeliefert sein könnte.

Die Lotsen steigen an der seitlich herabhängenden Jakobsleiter zum Boot hinunter.

Das Schiff kann wieder Fahrt aufnehmen.

20

Unbeeindruckt segelt der Käpt'n indes auf Meeren von Worten, während 2004 zu 2005 wird. Er tritt auf die Kommandobrücke mit der Sicherheit des geborenen Volksredners.

Eine nachdenkliche oder ungläubige Stille folgt nach den Worten des Käpt'n. Selbst das leise, unaufhörliche Rauschen, das unter dem Kiele beharrlich mitläuft, verebbt zwischen der leidenschaftlichen, aber düsteren Botschaft, eine von teuflischer Einfachheit, die selbst die undurchdringlichsten Matrosen erreicht. Trotzdem gibt es welche, die kein Wort verstehen, aber sie fühlen, was er sagen will.

Der Käpt'n vermutet, die Leute seien eingeschüchtert von ihm und strengt sich an, möglichst harmlos und bescheiden auszusehen. Seine Stimme muss neutral den richtigen Grad der Verängstigung vermitteln. Aber seine Worte kommen Befehlen gleich, streng sind seine Edikte, als säße er in seiner Juristenstube in München.

"Leute! Erhitzt Euch nicht, sondern lasst uns ruhig zum Ziele gelangen. Auf dem Meer gibt es immer Probleme", sagt er endlich, und sein Ton klingt so trocken wie eine im Wind raschelnde Maishülse (eine ziemlich unwahrscheinliche Vorstellung, schließlich habe ich das Rascheln einer Maishülse noch nie gehört), "aber diesmal ist nicht nur das Meer daran schuld."

Sodann verliert er sich in sturzflutartigen Grübeleien über Innovation, Gorbatschow oder Marx und ruft Visionen wach, die vielleicht Geschichte machen würden. Die Luft, die über die Mannschaft hinwegfährt, scheint aus dem Mund eines Orakel zu kommen. Es ist die Rede eines vollendeten Redners, der in geläuterter Diktion, ich will nicht sagen seinen Zorn, sondern des stolzen Mannes Verachtung für die alte Underwriting-Strategie dahinfließen lässt.

Ich bin wie vom Donner gerührt. Er klettert wie ein Bergsteiger im Gebirge seines Gehirns herum, zäh und ausdauernd, mit seiner runden Brille und dem selbstgewissen Blick aus seinen graublauen Augen, und ich sehe ihm dabei zu. Trotzdem haben mich die Urteile, die der Käpt'n abgibt, nicht so sehr beeindruckt, wie sein apodiktischer Ton, der keinen Widerspruch zulässt.

Man spürt die Erregung, als die Mannschaft mechanisch wiederholt "Kein Cash-Flow-Underwriting mehr!", es gibt keine andere Lösung.

Das ist ein Statement, wie man in der Branche sagt. Doch es ist mehr: Es ist eine Revolution! Das wirtschaftliche Denken in der Rückversicherung nimmt eine kopernikanische Wendung. Nicht mehr die Kapitalanlagen sollen einen Reibach liefern, sondern das technische Versicherungsgeschäft. Jetzt kann man doch vereinzeltes Fluchen und Wutausbrüche hören.

Wenige verstehen die Botschaft, die zwischen den Zeilen mitschwingt, nur zu gut. *Wenn wir das nicht so machen, ist es aus mit der Munich* RE.

Im Rücken spürt der Käpt'n die Unzufriedenheit seiner Offiziere, vielleicht auch den dunklen Flügelschlag des Schicksals. Der jähe Kurswechsel bringt sie aus der Fassung.

S&P sitzt ihnen im Nacken, was vielleicht gar nicht so schlecht ist. Worauf es ankommt, ist, wie sich das Ganze nach außen darstellt. Der Käpt'n denkt noch einen Moment länger darüber nach.

"Er schickt uns in den Abgrund", sagen einige leise, aber nicht so leise, dass der Käpt'n es nicht gehört hätte. Umgehend verriegelt er die Tür der Großen Offizierskabine von innen.

Die leeren Formalitäten lässt er beiseite, stattdessen spricht er über die Wahrheit und Wirklichkeit und kämpft hinter der doppelt verriegelten Tür mit seinem besten Adlatus, Thorben Jeworski, ein berechenbarer Mann, der einmal dem Käpt'n gestand, dass die ersten neunundzwanzig in diesem paradiesischen Osten der Republik verbrachten Jahre weniger wert seien als eine Stunde in der Munich Re. Der Patriotismus dieses Mannes ist offenkundig, seine Ergebenheit für den Käpt'n ist unwandelbar, er spricht mit unangenehm sächsischen Akzent.

Der Käpt'n vergisst sogar für Augenblicke sein verletztes Bein und den leblosen Gips, in dem es endet. Also schwingt er sein Gipsbein wie eine Waffe, schreitet energisch und entschlossen voran, als zöge er in den Krieg.

Tatkräftig unterstützt werden sie von dem zweiten Offizier, der noch dürrer und vertrockneter ist als die Algebra seiner Buchführung und der den gleichen Schneider hat wie der Käpt'n selbst. Obendrein hält man ihn für ehrlich, etwas Ungewöhnliches in seinem Amt als Zahl- und Säckelmeister. Er ist jemand, der sich in Rechnungsführung auskennt, ein Kerl, der viel von Zahlen, Zolltarifen und solchen Sachen versteht. Ein Fels fiskalischer Rechtschaffenheit. Auch er wurde damals als Kandidat gehandelt, der neue Kapitän der *Munich RE* zu werden, funktionieren doch alle Organisationen auf die gleiche Weise. An die Spitze steigt man auf, indem man sich zunächst die Kontrolle über das Geld, dann über die Menschen verschafft.

Er kam nicht auf die Idee, mit seinem Bezwinger zu hadern, denn Selbstsicherheit und Charme des neuen leisen Diktators ließen an keiner seiner detaillierten Anweisungen zweifeln und luden auf gar keinen Fall zu eigenwilligen Interpretationen ein.

Dieser Mann, nennen wir ihn Joerg, ist die rechte Hand des Käpt'n geworden, der sich mit ihm über kritische Dinge unterhält, wie die Höhe der Aktienrückkäufe, den freiwilligen Verzicht auf Bonuszahlungen, den Haifischkragen, wie man Macht sinnvoll einsetzt oder ob eine Haartransplantation steuerlich absetzbar ist. Er ist dem Käpt'n in vielen Punkten ebenbürtig, aber er ist nicht so ebenbürtig, um ihm den Rang streitig zu machen. Sie grinsen komplizenhaft.

21

Selbstzweifel sind dem Käpt'n neu – doch im Verlauf dieser gefährlichen Reise und seinem gewagten Strategiewechsel sind sie wie ein bösartiges Gewächs in ihm hochgekrochen und haben sich ins rosige Reich seines Optimismus eingeschlichen.

Nur so ist zu erklären, dass er den blinden Teiresias rufen lässt, um ihn um Rat zu bitten, der aber nicht kommt, sodass der Käpt'n in die Unterwelt des Schiffes hinabsteigen muss, über eine Wendeltreppe von mehr als sieben Stufen in die Kajüte von Teiresias, die klein ist, kaum größer als eine Umkleidekabine beim Röntgenarzt.

Teiresias hat die Neunzig überschritten. Er ist ein begnadeter Seher mit einem philosophischen Lächeln im Gesicht, weise und unfehlbar, ein kompetentes Orakel für alle Wahrheiten Die vielen Jahre haben ihn verringert und geschliffen wie fließendes Wasser einen Stein. Sein langer, weißer, ungekämmter Bart hängt ihm wie Eiszapfen auf die Brust herab. Um den Leib trägt er eine Menge großer, rohgedrechselter Rosenkränze aus Eichenholz. Er schielt geheimnistuerisch, hält einen Finger vor die Lippen und macht Schschsch, obwohl der Käpt'n kein Wort gesagt hat.

"Ich will dir meine Gedanken mitteilen", beginnt Teiresias nun, seine Augen sind wie geschlossene Fensterläden, "und ich will klipp und klar reden, jeder Metapher den Rücken kehren", verspricht er ernst. "Mein Gehirn ist kein einsamer Jäger ..."

Und dann mit ein wenig greisenhaftem Starrsinn, zitiert er die glänzendsten Satzperioden aus seinen alten Streitschiften und verschwindet in den Rauchwolken und als er wieder auftaucht, murmelt er leise *Goaheadgoaheadgoahead* vor sich hin, offensichtlich eine vorsintflutliche Beschwörungsformel. Er setzt sich im Schneidersitz auf die direkt vor ihm liegende Matratze, die ihm als Bett dient. Nach und nach verlangsamt er seinen Atemrhythmus.

"Und", sagt der Käpt'n, "was siehst du nun?"

Er würde *Öko-Käpt'n* des Jahres werden, sagt der Alte. Und dass er von einer unbekannten amerikanischen Universität zum *Best Skipper of the Year* ausgerufen wird. Und dass dies nur eine Zwischenstation auf dem Weg in die *Hall of Fame* sein würde.

Das alles will der Käpt'n jetzt gar nicht wissen. Aber Teiresias erweist sich als nicht tauglich für strategische, geschäftspolitische Vorhersagen.

"Hall of Fame?", fragt der Käpt'n dann doch nach. "Was für eine Hall of Fame?"

"Keine Ahnung", antwortet ihm Teiresias. "Wir sind nur ein Spielball der Götter. Vielleicht wirst du der erste Kapitän zur See sein, der den Marathon in unter drei Stunden läuft, Mister Hall of Fame."

Auf seinen müden Sarkasmus steigt der Käpt'n nicht ein, solche Witzeleien perlen von ihm ab. Stattdessen versinkt er in ein bedeutungsvolles Schweigen und weiß genau in diesem Moment, dass er das Geschwafel von Teiresias mit Vorsicht genießen muss. Unter drei Stunden! Nun, er ist flink und geschmeidig, ein großartiger Läufer, aber das würde er nie und nimmer schaffen. Unmöglich!

"Es gibt keinen magischen Realismus", sagt der Käpt'n noch. "In der realen Welt gibt es keine Magie."

"Und in der magischen Welt gibt's keinen Realismus", sagt Teiresias.

"Wir sind aber in der realen Welt", sagt der Käpt'n.

"Woher weißt du das?", fragt Teiresias.

Punkt für ihn.

Es wird dem Käpt'n nie beschieden sein, an einer weiteren Vision von Teiresias teilzunehmen, aber der hat ihm gesagt, dass sie nicht minder großartig waren.

22

Dann, erst dann, lässt der Käpt'n den Flottenarzt Dr. Michael Schöfeling zu sich kommen. Der Doktor gilt als sprachbegabt, streng und seine langjährige Tätigkeit am Schwabinger Krankenhaus als Patientenflüsterer verleiht ihm zusätzliche Autorität.

Dr. Schöfeling tritt ein. Er ist der wichtigste Arzt für den Käpt'n, der ihm vertraut, auch weil dieser Arzt nicht nur seinen Körperbau kennt, sondern auch alle Merkwürdigkeiten und Leidenschaften, die zu ihm gehören. Der Doktor spricht wenig, aber wenn man sich nur ein wenig auf geistiges Echolot versteht, hat man die Botschaft sofort verstanden. Im vorliegenden Fall empfängt er eine Message, und die ist klar und eindeutig:

"Der Gipsverband muss runter, Doktor. Fangen Sie an zu hämmern oder wie auch immer!"

Gesagt, getan.

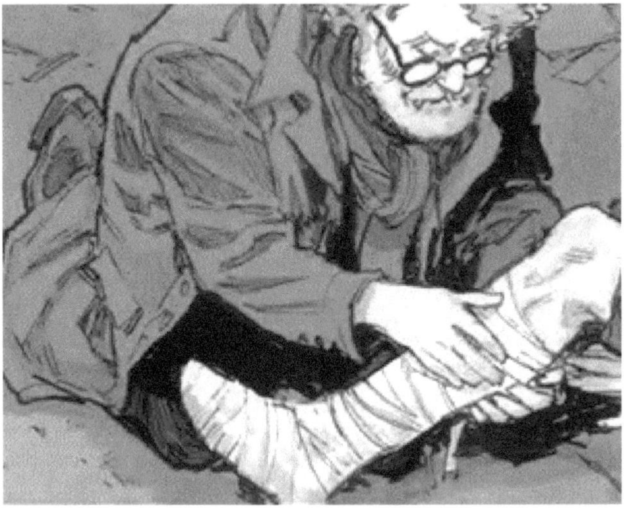

Diese Handlung wirkt wie ein Signal. Jeder legt sich in die Riemen, ist diszipliniert und bietet alle seine Kräfte auf, die unerschöpflichen Naturgewalten zu bekämpfen – auch die vielen von ihnen, lauter Denker, die an feinere Arbeiten gewöhnt sind.

Anders als bei Käpt'n Ahab ist dazu nicht notwendig, eine Dublone an den Mast zu nageln.

Doch ein bisschen Kontrolle sollte schon sein.

Und die erledigt Obermaat Johnny Curt Gillette, dessen zweiter Spitzname *Razor Blade* ist, ein echter Mensch der englischen Rasse, der auf solche Art die erste Probe seiner überraschenden Verwegenheit und Findigkeit in maritimen Angelegenheiten gibt. Noch während er sich redlich Mühe gibt, nicht an nackte Frauen zu denken, dringt seine Stimme über das Deck, muskulös und anspornend, als gehe es um einen Platz im Oxford-Achter. Dabei hat er ein dermaßen leichtes, flüchtiges Lächeln, dass es höchstens die European Space Agency auf Spezialfilm festhalten kann.

Trotzdem ist sein Controlling wohldosiert, …

… obwohl er in seiner Fantasie durchaus ein Fable für härtere Vorgehensweisen hat – alles im Hinblick auf das hohe Ziel, das sie zusammenschart.

23

Ich erinnere mich nicht. Vielleicht verging ein Monat, vielleicht waren's auch zwei.

Plötzlich zerreißt unvermittelt ein schrecklicher Schrei die allumfassende Stille über dem beängstigenden Labyrinth der salzigen See.

Es ist ein Schrei der Verzweiflung, es ist der Schrei von Charlie, ein Mann aus dem fernen Australien, der hoch oben am Mast im integrierten Krähennest, dessen Bau er selbst energisch vorangetrieben hat, witternd in alle Richtungen späht.

Da!!

Der Ausruf hat sie erschreckt und reißt sie aus ihren Gedanken. Panik und Entsetzen breitet sich aus. Einige wollen die Schwäne nicht wahrnehmen, schauen lieber in die andere Richtung und sagen: "Da kann man eh nichts machen."

Überraschenderweise schert ein Schwan aus der Formation, landet elegant direkt vor Charlies Krähennest und spricht im fließenden Englisch:

Und dann …

"For me?", sagt Charlie noch, doch der schwarze Schwan hebt bereits ab.

Mit der sorgenvollen Miene eines Alpinisten, der sich zum Aufstieg bereit macht, schaut der Käpt'n zur Spitze des Mastes empor, doch er blickt der Gefahr ins Auge, unerbittlich! Betont lässig geht er über das Kommandodeck, sein Pulsschlag so langsam und bedächtig wie der einer Eidechse.

Die Existenz irrrationaler ökonomischer Faktoren war schon immer die Schattenseite, der blinde Fleck, aller Wirtschaftstheorien gewesen. Zu oft stellte man nach einigen Monaten fest, dass alle Prognosen der Experten falsch waren. Dann wurden andere Experten eingeladen oder sogar noch einmal dieselben, und die stellten ebenso selbstsicher neue Prognosen. Der Käpt'n schüttelt betrübt, fast empört den Kopf und überlegt, wieso eine Fachrichtung, die nicht einmal imstande ist, verifizierbare Prognosen zu stellen, als Wissenschaft angesehen werden kann?

Also analysiert er die Lage selbst und verlässt sich dabei nicht nur auf Algorithmen, Prognosen und Weissagungen, sondern auch auf sein Bauchgefühl. Und das hat ihn noch nie betrogen – nun, vielleicht einmal doch, unten in Kitzbühel, als er sich die Schwarze Piste zutraute.

24

Seit nunmehr zwei Wochen verheißt die Vorhersage Teiresias einen Tag mit unzähligen biblischen Katastrophen.

Dann eines Tages, gegen Abend, zucken Blitze über den Horizont wie aufflackernde Ideen, und malen Mosaikmuster auf den Himmel.

Noch während das Schiff, leise bebend sich mit atmender Brust auf und nieder, auf und nieder, wie ein gigantischer Schwimmer durch die dunklen Wogen stößt, ist irgendwo in der Ferne das abgehackte, verstimmte Grummeln des Donners zu hören. Schon bald ist der

Nachthimmel ein brodelnder Wolkenkessel weiß und schwarz mit hundert Grauschattierungen.

Plötzlich!

25

Ein chinesisches Schiff, aber doch mehr eine große, erbärmliche Schaluppe.

Es ist die "People's Insurance Company of China", die unter Kontrolle und Flagge der kommunistischen Partei Chinas fährt. Seit zwei

Jahren durchkreuzt der Segler die Weltmeere, so das Gerücht, ohne jemals einen Hafen angelaufen zu haben. Diese Fähigkeit der Entbehrung lasse auf außergewöhnliche Wesen einer überlegenen Rasse schließen, solche, die wissen, was es heißt, Reiskörner aus dem Mist picken zu müssen.

Jemand, der sich auskennt, ein lächelnder, kugelgesichtiger Japaner, bestätigt: "Die ist aus dem chinesischen Peking."

Die Leute auf der *Munich RE* sind erleichtert. Keine Gefahr.

Doch da geschieht mit einem Mal etwas Entsetzliches! Das kleine Boot verwandelt sich in ein riesiges Ungeheuer, bereit alles zu verschlingen. Eine Szene, die einem das Blut in den Adern gefrieren lässt. Unsicherheit martert den Käpt'n. Selbst er beginnt seine christliche Seelenruhe zu verlieren, denn dies ist ein biblisches Ungeheuer, entsandt von einem wutentbrannten Gott. Es ist *der* Augenblick, der Rücksichtslosigkeit nicht nur gestattet, sondern sogar fordert.

"Lass und fliehen, wenn das nicht der Leviathan ist, wie ihn der große Prophet Moses im Leben des heiligen Hiob beschrieben hat. Verschlingen wird er unser Schiff mit Mann und Maus", sagen die, die nicht zum Kampf bereit sind. Eines allerdings wissen sie genau, es kann nie schaden, sich in solchen Fällen zu bekreuzigen.

"Außerdem, Demosthenes sagt, wer flieht, wird wieder kämpfen. Lasst und wenigstens etwas zurückziehen."

Einer der Offiziere sagt zum Käpt'n, ölig und gekünstelt wie ein Versicherungsvertreter: "Besser, wer fliehend entrann der Gefahr, als wen sie ereilet!" Es sind die Worte Agamemnons aus der Ilias, und keinesfalls scherzhaft sind sie begonnen.

Der Käpt'n hebt die Hand, als wolle er sagen, es reicht.

In diesem Moment tritt ein Mann nach vorne, gibt sich ungemein kämpferisch, spricht von Memmen und dass China die Zukunft sei, China, China und nur China, obgleich auf den ersten Blick all das Zeug, das er vorbringt, nicht gerade vor Wahrscheinlichkeit strotzt und klingt, als wäre es ein Evangelium. Er wirft mit Begriffen um sich, wie "Asiatische Sandbox-Mentalität", ohne das entsprechende Copyright zu besitzen. Geflissentlich schaut er an den Matrosen vorbei, als wären sie Luft, und spricht nur zum Käpt'n und seinen Offizieren:

Er sieht sich um, als hätte er durch K.o. gesiegt. Irgendetwas in seinem Tonfall verrät ihnen, dass es keine rhetorische Frage ist. Anfangs glauben sie, der Mann hätte den Verstand verloren, was sie nicht weiter wundert. Der Wahnsinn ist nichts Ungewöhnliches in jenen Tagen.

Nachdem sie einander für etwa zehn Sekunden angestarrt haben, hat endlich Officer Carlos den Nerv, etwas zu erwidern, aber seiner Stimme fehlt die Entschiedenheit, und ich bin nicht sicher, ob ich es selbst glaube, als Carlos sagt: "Dieser Mann ist ein elender Schmeichler und unverschämter Kerl. Ich werde ihn gehörig übertrumpfen. Über-trump-fen!"

Doch der Mann scheint genau der Richtige für diese Chinesen und hat Talente, die mit denen eines Schiffsausrüsters vergleichbar sind. Wie Gift träufelt er die Worte in ihr Ohr, bis der Käpt'n und die Offiziere zustimmend nicken, da dieser Mann offensichtlich viel mehr von diesen Dingen weiß als sie selbst, auch wenn seine Geschäfte halbwegs den Charakter einer Privatangelegenheit haben, die mit Verschwiegenheit und Verbindlichkeit zu behandeln sind.

Sodann blickt dieser Mann auf seine wölfische und gemeine Art dem Ungeheuer ins Auge, ein euphorischer Blick von unversöhnlicher, fast kosmologischer Führungskraft.

Aus dem Stehgreif entwirft er einen Schlachtplan, berauscht sich an seinen Worten und glaubt endlich selbst, was er sagt.

Doch kaum, dass der Kampf beginnt, taucht ein weiteres Boot auf, diesmal sind die Segel größer, ja, gewaltig.

26

Es ist die *EZB*, die Europäische Zentralbank, unter der Flagge der europäischen Nationen fahrend, natürlich. Sie kommt recht friedlich daher, scheint ungefährlich.

Doch wieder falsch, völlig falsch!

Obwohl der Schiffsführer nicht weiblich ist und Skylla, sondern Italiener ist und Mario Draghi heißt, verwandelt sich das Boot in eine Bestie mit sechs Hundeköpfen und zwölf Pfoten, furchtbare Parolen schreiend, die alle auf und unter Deck spontan das Vaterunser und Ave-Maria beten lassen. Auf allen Gesichtern liegt Angst in banger Erwartung, was nun geschehen wird. Aber hört sich das Geschwätz des Ungeheuers vom billigen Geld nicht gut an?

Das Problem ist nur, dass ebendieses billige Geld die Probleme der ehrbaren Reeder und der Eurozone nicht lösen kann, sondern bei Chronos nur Zeit kauft. Doch so wie der Himmel sich rings um die ungeheure Scheibe des öden Meeres dehnt, so verliert sich jegliches Maß der Zeit.

Chronos weiß, dass alles nur funktioniert, wenn das Geld noch billiger wird – aber diese Weisheit wird er für sich behalten. Und so segelt Mario Draghi weiter und weiter von einem Trugbild zum nächsten, nippt an seinem Wein, zündet Zigarren an, und zieht schwelgend weiter von Traumschloss zu Traumschloss.

Ein Teufelskreis – der Käpt'n spürt das und taumelt zurück, als hätte man auf ihn geschossen. Er wird gegen diese Wortgaukler kämpfen. Trotzdem, dieser Tag muss einer der dunkelsten in seinem Leben gewesen sein, der einzige vielleicht, an dem er, der sonst unbeirrbar Gläubige, heimlich resigniert hat.

27

Der Kampf der *Munich RE* gegen die Gefahren ist fürchterlich. Ein notorischer Grund verbietet mir die Schilderung des Kampfes in seinen schrecklichen Einzelheiten.

Ich will nur daran erinnern, dass alle Beteiligten hohe Verluste an Menschen und Material erleiden, es aber vermessen wäre, Sieger und Besiegte zu bestimmen, dafür ist die Gemengelage zu kompliziert.

Viele Männer und Frauen des deutschen Schiffes liegen auf Deck ausgestreckt wie Hunde nach der Hetzjagd. Auch Oberstaatsbootsmann Macke hat Schiss. Er ist nicht der Typ, der mit der Gefahr spielt. Risiko ist für ihn etwas Physisches geworden. Ich wette, er wird sich noch heute die Sterblichkeitsstatistik ansehen.

Besonders erwähnt werden muss der heldenhafte Kampf einiger Frauen – jung, clever, ehrgeizig und so weiter und auf interessante Weise freundlich-fies.

Sie nähern sich bereits einem Bereich der Ernsthaftigkeit, in dem man zwischen Frau und Mann nicht mehr unterscheidet, weil die Macht zu groß ist, um die es dabei geht – sie ist weder männlich noch weiblich.

Viele sind wirkliche Sprachgenies, …

… und es ist nur eine Frage der Zeit, bis sie den Sprung ins Offizierskasino schaffen, um ihr *quid pro quo* zu kassieren.

*

In Deutschland veröffentlichte Unkenrufe eines weiteren Substanzverlustes des Rückversicherers erreichen den Käpt'n per Funk.

Aber: Die *Munich RE* hat sich – wieder einmal – Respekt verschafft und könnte ihren Kurs Richtung Westen wieder aufnehmen.

Könnte.

28

Doch da ist die Mannschaft, die allmählich ihre Unruhe offen zeigt. Das liegt nicht nur an den Kakerlaken, die Borneo-Format haben und Fühler, die Radio CNN hätten empfangen können.

Viele beißen die Zähne zusammen und versuchen, an das Headquarter in München zu denken, an gepflegte Schreibstuben, offene Gesichter, Geborgenheit, Vernunft, Gratis-Mittagessen und die Unausweichlichkeit eines Weihnachtspaketes.

Sie feuern ihre Verwünschungen wie Schrot ab.

Man hat ihnen in Deutschland gesagt, vier oder fünf Monate würde es dauern, bis sie ihr Ziel erreichen. Nun sind sie bereits knapp ein Jahr unterwegs.

Viele wissen nicht genau, um welches Ziel es sich handelt, und es will auch nicht in die Köpfe, wozu man überhaupt eines braucht.

Rating? Was hat es für einen Sinn, dass, selbst wenn ihr Käpt'n durch diese Reise ewigen Ruhm bis an die Sterne erringen würde, nicht wenige von ihnen durch Hunger und Kälte, Last und Not, elend krepieren müssten.

Einige flüstern und raunen ganz leise. Fast sofort hat der Käpt'n die umfassende Präsens einer Verschwörung gespürt. Da erschüttert ein Fausthieb vom ihm den Tisch und zerbricht einige Gläser.

"Sie waren nicht versichert!", sagt Carlos mit bewundernder Panik, "und ..."

Der Käpt'n unterbricht ihn barsch und bringt sie alle mit einem kurzen Befehl zu Schweigen.

Er geht ein paar Minuten mit hinter dem Rücken gefalteten Händen auf und ab wie ein General, der in seinem Zelt einen Gegenangriff plant. Ich sehe kurz Nervosität auf des Käpt'n Miene aufblitzen.

"Mein Großvater hat immer gesagt, 'Wenn man den Fluss schon halb durchquert hat, ist es ein bisschen spät, sich Sorgen dazu zu machen, wie tief das Wasser ist'", sagt er schließlich. "Wir fahren weiter westwärts und erledigen eine Arbeit, die man näher erklären wird, wenn wir dort sind, wo wir sein müssen."

Eine namenlose Stimme sagt: "Das überhaupt zu bezweifeln, ist eine Beleidigung."

Bei allen wird unterdessen das Interesse irgendwie schwächer, und die anderen reden weiter über Unglücke auf See, über Schiffe, die im Nebel sich verirren, Zusammenstöße mit Eisbergen, kurzum all solchen Dingen.

*

Die Segel blähen sich und die *Munich RE* steuert weiteren Abenteuern entgegen.

Nun gilt es, diszipliniert den Rest der abenteuerlichen Reise zu bestehen. Die größte Herausforderung steht ihnen noch bevor.

29

Vergnügungen an Bord verbietet der Käpt'n ... bis auf Weiteres.

Seine hohe Stirn, die ihm etwas Pastorales gibt (also doch), hilft ihm bei der Durchsetzung dieser einschneidenden, aber doch notwendigen Maßnahme, obwohl einige der leichtbekleideten Mädchen wütend auf dem Deck herumtrampeln, wie eine Flamencotänzerin, die langsam in Schwung kommt.

Doch diese Aktion gibt den Mädchen, die nicht auf das Reiseziel vorbereitet wurden, endlich Gelegenheit nachzulesen, weshalb sie angeheuert wurden. Sie schließen die Tür ab, obwohl ab und zu jemand an die Tür hämmert wie die Gestapo und lesen mit großem Genuss und Nutzen Rosenstocks *Rückversicherung*, ein ganz erstaunliches Buch. Übrigens gerieten einmal Stephanus und George in einen erbitterten Streit beim Ausleihen der spanischen Version des Romans.

Andere Bücher, mitgenommen von Offizieren als sie an Bord kamen, waren, wenn ich mit recht erinnere, *Endspiele, Killing Future, Fallobst* und ein Buch, das hier erwähnt werden muss, über den langweiligsten Gegenstand der Welt, über irgendeine Steuerfrage.

Egal.

Denn tatsächlich, unerwartet, wie bei einem komplizierten Puzzle, dessen Kernstück man entdeckt hat, nimmt nun alles seinen Platz im Gesamtzusammenhang ein.

30

Der Ozean versucht die *Munich RE* mit der Einförmigkeit seiner Wasserwüste irrezuführen, aber das Schiff hat mit dem Käpt'n eine Seele, den Kompass, der es leitet, obwohl er öfters sein Gesicht zur Seite wendet, um mit sorgender Miene aufs offene Meer hinauszuspähen. Doch keine Panik. Schon immer hat er eine taubenhafte Fähigkeit besessen, sich zu orientieren.

Überall, soweit sie sehen können, ist alles zerrissen, alles in Aufruhr, schreckliche Typhone stürzen sich berghohen Wellen entgegen, eisige Stürme reißen wild an den Segeln. Man glaubt, das uralte Chaos zu erblicken, worin alle Elemente, Feuer, Wasser, Luft und Erde durcheinandergemischt sind und sich gegenseitig bekämpfen. Aber die gesamte Mannschaft stellt sich den Gefahren, sodass Harmonie das Ende und Resultat dieses Kampfes sein wird.

Der Käpt'n schwört, dass das, was sie durchgemacht haben, in der Eingangshalle der Münchener Kommandozentrale in einem Kunstwerk verewigen zu lassen, platziert oberhalb der Treppe. Eine gewaltige, mystische Version; eine brünstige Attacke mit Brüsten und herzförmigen Ärschen.

Oder soll er das Kunstwerk seiner Frau schenken?

Er unterbricht seine Gedanken, pausiert kurz, damit er das Bild vor sich erstehen lassen kann.

Wie erfrischend ist es doch, scharf zu denken! Geheimnisvolle Augen, geheimnisdurchdringende Augen. Nicht zufällig ist er im Ring der Freidenker, alter freier anerkannter Orden, wo sie sich so kompliziert die Hände schütteln, dass es volle zwei Minuten dauert, bis sie alle Etappen durch haben.

Er entscheidet sich für die Kommandozentrale.

31

Der Käpt'n arbeitet eng mit seinen Offizieren zusammen und ist nie der Meinung gewesen, dass es zu einer Katastrophe führt, wenn man dem Rat der anderen befolgt.

Überhaupt, niemand soll wie selbstverständlich Befehle ausführen mit dem Hinweis, dass alle Verantwortung ganz oben liegt, dort, von wo sämtliche Befehle kommen. Denn damit wäre jedermann freigesprochen und könnte der Verantwortung für sein Tun entgehen.

Doch letztendlich treibt sie der gleiche Ehrgeiz nach Amerika. Nur, dass einige Offiziere nach dem Amt des Käpt'n streben, der es jedoch behalten will.

*

"Das geht einem ganz schön auf die Eier." Das sagt einer von ihnen – ein sprühender Geist wie nur einer, und eine imposante Erscheinung, schmal und groß, glattrasiert und von bemerkenswerter Gesundheit, in seiner mediterranen oder auch lateinamerikanischen Art, als er den Kurs anzweifelt wie der ungläubige Thomas: "Vielleicht hat das Komitee der Nautischen Offiziere eine falsche Position angegeben. Schließlich musste alles schnell berechnet werden, dabei ist womöglich ein Fehler gemacht worden."

Er beugt sich vor, wie ein Student, der seinen Professor überzeugen will.

Es liegt ein kurzer Anflug von Leidenschaft in diesen Worten, wenngleich ihm die deutsche Disziplin abgeht. Sogar Thorben, der ihn nicht besonders mag, sagt, er sei ein *muy hombre*, ein bemerkenswerter Mann.

Der Käpt'n tut, als kontrolliere er die Zahlen, dabei hat er die Berechnungen so oft vorgenommen, dass er sie auswendig kennt. So verliert er sich nicht weiter in Rechnereien, schweigt überlegen, wie ein buddhistischer Mönch in einer Hinterlandgemeinde.

"Herr Offizier!" sagt er schließlich, höflich und weise, und zielt auf den point d'honneur, "der Kurs ist korrekt", das jedoch mit einer Stimme, die sein Gegenüber durchdringt wie eine eisige Schneide.

"*Niemand* glaubt mir", sagt daraufhin der Offizier und lässt seine Hand *en seguida* niedersausen. Voller Erwartung blickt er in die Gesichter der anderen. Doch damit kann keiner was anfangen. Oder vielleicht doch, der Käpt'n. Man kann sehen, wie sich die Kopfhaut in Falten wirft, wenn er die Stirn runzelt und seine Antworten erwägt.

"*Niemand* hat Dich angegriffen", scherzt er augenzwinkernd. Bis auf Stephanus und vielleicht noch Heina versteht keiner im Raum die Anspielung. Heina ist übrigens der Name des Mannes, den ich weiter vorne nicht habe nennen wollen, bisher Rebell und Desperado, nun ein treuer Diener des Käpt'n, ein unermüdlicher Arbeiter und skrupelloser Diplomat. Sein Jähzorn gegen die Strategie des Käpt'n war vergangen, so wild und rasch, wie er begonnen hat. Und sein Gesicht war wieder warm geworden wie ein Waldteich in der Sommersonne und seine Bewegungen verlegen und einem fischenden Bären gleich. Die anderen lachen pflichtschuldig und machen sich dann auf die Suche nach der Pointe.

Der Mann, begeisterter Kite-Surfer und an scharfe Winde gewohnt, sieht den Käpt'n lange an. Der erkennt innerhalb eines Augenblicks, dass der Offizier damit auf allerlei hinauswill: die *Munich RE* ist in schwieriges Fahrwasser geraten, und er versucht, ihn, den Kapitän zu warnen.

Aber es ist kein anderer Kurs möglich!

… sagt der Käpt'n so laut, dass einige Offiziere erschrocken zusammenzucken. Er ist selbst überrascht von der Barschheit in seiner Stimme.

Um die Motivation der Mannschaft zu stärken, lässt er den Kurs korrigieren, jedoch nur unwesentlich.

Eine taktische Meisterleistung.

32

Die Tage dehnen sich, jeder für sich eine Ewigkeit, tierische Tage ohne Bewusstsein oder bewusste Gedanken. Keine Perspektiven. Keine Geschäfte. Kaum Sex. Und auch keine Lotsen an Bord. Da ist jede Abwechslung willkommen.

Die ganze Nacht hindurch, während die teilnahmslosen Sternbilder in den endlosen Weiten über die *Munich RE* dahintreiben, bis sie langsam eines nach dem anderen vor dem Morgengrauen flüchten, erklärt der Käpt'n seinen Offizieren, wo und wie er sich am Polarstern orientiert, dem entlegensten Stern des Kleinen Bären, der ihm nachts exakt den Norden anzeigt. Obwohl auch er in Wirklichkeit nicht stillsteht. Die elliptische Umlaufbahn der Planeten um die Sonne. Ellipse. Ein leicht gestauchter Kreis. Auch reden sie – nein, es ist mehr ein leises Flüstern – über alles, was dazu gehört. Über Sterben und Geborenwerden neuer Sterne. Die Jahreszeiten. Den Rhythmus der Wellen. Die Gezeiten mit allem Pipapo. All diese Dinge erzählt er; weder damals noch später habe ich sie in Zweifel gezogen.

"Die Meere bewegen sich nach dem Rhythmus des Mondes, und natürlich beeinflussen die Gestirne das Schicksal der Menschen", sagt der Käpt'n mit einer weiten Geste, die die bewölkten Sterne nicht verschmäht und das schwarze Meer umfasst. Er erinnert an Nikolaus von Cusanus, für den jede Linie der Bogens eines unendlichen Kreises ist und verfällt in Grübeleien über die ungeheure Ausdehnung des Wassers. Es möge genügen zu sagen, so erzählt er, dass es, wie ein zufälliger Blick auf den Atlas zeigt, wohl Dreiviertel derselben bedeckt, und so versteht er denn durchaus, was es heißen will, die Meere zu beherrschen – vielleicht eine Anspielung auf die Macht der amerikanischen Ratingagenturen.

"Wusstet Ihr übrigens", erzählt er weiter, "dass unsere Erde nur jämmerliche 150 Millionen Kilometer von der Sonne entfernt ist; Pluto dagegen fast 6000 Millionen Kilometer? Und dass die Sonne im Vergleich zu einem mittelgroßen Stern wie Sirius ein verschwindend kleiner Tupfer ist?"

Ihr Respekt vor dem Käpt'n wächst, als er den Polarstern, diesen unerschütterlichen Wachposten des Nordens, *"estrela polar"* nennt, und schon mal ins Philosophische abdriftet, als er sich fragt, ob in diesem gigantischen Universum unsere elenden Menschleben, unser ganzes Ringen, überhaupt zählt.

33

Der Mond steht im letzten Viertel und bietet noch etwas Licht, als der Käpt'n über das Deck geht.

Zwei vage Figuren gleiten durch den Nebel, der sich in der Takelage verfängt und das Achterdeck schluckt. Unwillkürlich bleibt er stehen und beobachtet zwei Gestalten, die wie im Kasperletheater hinter einem Nebelvorhang herumfuchteln.

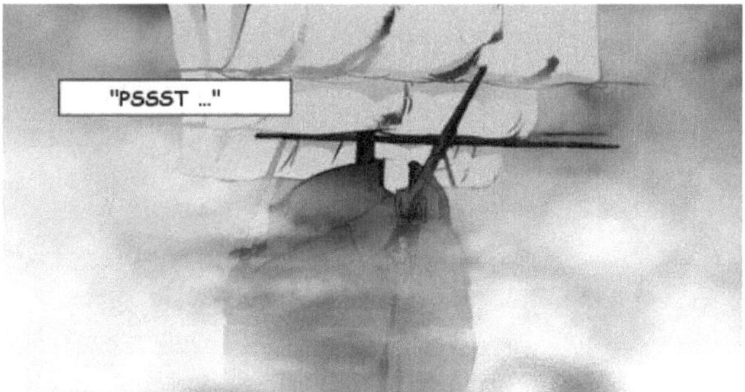

...macht jemand im Schutz der Nacht und des Dunstes: "Stephanus?"

Es ist George. Offizier.

"Ha-ha-ha ..." sagt George, aber er meint es ernst, scherzt nicht. Vor langer Zeit fing George als Schiffsjunge für wenig Zaster auf einem Schiff der Munich RE-Linie an, das nach Caracas unterwegs war.

Aus irgendeinem Grund flüstern sie, aber die beiden verstricken sich wohl in eine Debatte über die gefährliche Zufahrt zu irgendeiner Insel vor der Küste von Chile, das längste und schmalste Land der Welt, das eingeklemmt zwischen Wüste und Gebirge auf der einen und dem Ozean auf der anderen Seite liegt. Dabei pressen sie sich so eng an den Fockmast, als wollten sie jeden Augenblick in dem glatten rotbraunen Holz verschwinden wie ein Insekt.

Und dann kann er plötzlich, durch eine Laune der Luftströmungen, eine der Stimmen deutlich verstehen: "Ich bin so'n bisschen rumgekommen, war im Roten Meer, in China und Südafrika, hab viele

Eisberge gesehen, war in Tokio, Cartagena de Indios und Rio de Janeiro unter unserem Käpt'n, der beste Kerl, der je ein Schiff fuhr."

Darauf erfolgt eine Stille wie in der Mußestunde vor dem neuerlichen Ausbruch der Kampfhandlungen, die schließlich von einer weiblichen Stimme, welche dem Käpt'n bekannt vorkommt, unterbrochen wird.

Stetig fährt sie fort, ohne Unterlass. Es hört sich an wie ein langes leises Zischeln, als raschle jemand sehr, sehr vorsichtig mit Seidenpapieren, in denen er etwas sucht.

Noch ehe der Käpt'n darüber nachdenken kann, taucht ein Mann aus der Dunkelheit auf, die Bretter des Decks stöhnen unter seinen Schritten.

"Hallo! Ist das hier eine Freimaurerversammlung?" hören sie eine zaghafte Stimme fragen.

"Wer ist das?" fragt Stephanus.

"Was macht ihr da im Dunkeln?"

"Bist du das, Carlos?"

Der Mann geht zu Stephanus und George rüber, ruft: "Yes!" und hält seine Hand hin, in Erwartung eines High Five. Aber die beiden stehen nur da, in Unkenntnis dieses Rituals.

Tatsächlich, es ist Offizier Carlos, seine Eltern gaben ihm den Namen Karl, der sich zugleich ohne Erfolg bemüht, die Unterhaltung zurück in die Geschichte zu bringen, wie er mitten in Hongkong in einer irren Attacke durch die kaum geöffnete Glastür einer chinesischen Reederei gegangen ist, wie er sich dabei zweimal den Arm brach – und doch noch seine Aussage vor Gericht in einem Schiedsgerichtfall machte.

Und mit übertrieben verschwörerischer Stimme setzt er hinzu: "Außerdem, ich wollte auch studieren", als gebe ihm dieser Umstand ein

Anrecht auf ein noch größeres Verständnis, als es Stephanus and George ihm gegenüber schon bewiesen haben.

Der Käpt'n hört, wie eine Hand leise hinab zu einer Flasche fingert, dann ein leises Glucksen. Er seufzt. Am Ende wankt Carlos, und rutscht an dem glatten Besanmast herunter wie ein Seehund, der sich in ein rötliches Meer gleiten lässt.

Und da, schon wieder, sagt ein Unbekannter etwas in die Dunkelheit hinein. Er tritt auf in einem so üppig geschnittenen Kaschmirmantel, dass man mit dem Stoff glatt eine Juniorenmannschaft von der Little League aus Hongkong einkleiden könnte. Trotzdem macht er den unangenehmen Eindruck, als habe er kein Rückgrat.

"Nee, keine Ahnung", sagt George.

Arnljotsson, Holger Arnljotsson heißt er, ist Schiffsmaat – ein sanfter Ruhrpottler mit einem schmalen hellen Schnurrbart, der sein Gesicht entzweischneidet.

"Ah, ich erinnere mich. Merkwürdiger Name. Ich dachte, du hättest auf der *Swiss Re* angeheuert."

"Ja, das ist richtig." Er verstummt. Irgendetwas bedrückt ihn. Um etwas zu sagen, fragt Stephanus, ob er fahnenflüchtig sei.

"Nein", erwidert er, "Sabbatical."

"Wie dem auch sei", sagt Stephanus mit fröhlicher Wildheit, "wenn du von der *Munich RE* desertieren solltest, dann wird dich unser Käpt'n höchstpersönlich jagen und vor Gericht bringen."

Holger tritt näher zu George hin und grinst, so wie er. Da hört George auf zu grinsen. Wahrscheinlich ahnt er, was da kommen würde – Ungemach für die *Munich RE*. Holger Arnljotsson hat seine innere Bestimmung zum Wolf begriffen, nicht zum Herdenhund. Aber er liegt falsch. Er ist zwar autoritär, aber wirkungslos.

*

Obwohl völlig unnötig, schleicht der Käpt'n übers Deck wie ein Mann, der auf Zehenspitzen durch ein Minenfeld geht. Wenige Sekunden später hört er Pfoten auf dem Deckboden trippeln. Er blickt nach unten und sieht mindestens acht Augenpaare, die ihn mustern. Ratten. Fette, raue Ratten, zotteln am Deckhaus entlang.

Er vermisst seine Frau, während er auf die immer undurchdringlicher werdende Nacht hinabschaut. Er verspürt eine Einsamkeit, ein besseres Wort fällt ihm nicht ein, aber das ist genau das Wort, etwas, das er nie hatte zugeben wollen und dem er sich zu entziehen wusste. Er seufzt, und ihm ist, als höre er den Widerhall seines eigenen Seufzens.

Am Kiel angelangt sieht er hinab, wie der Bug in das Schwarze stößt und geschmolzenes Mondlicht schäumend zu beiden Seiten der Schneide auswirft.

34

Einige Schiffe bieten der *Munich RE* Geleitschutz. Als intelligenter Beobachter bin ich verpflichtet, das zu erwähnen, nicht nur wegen des Dramas, das sich so nicht angekündigt hat. Doch ich meine mich zu erinnern, dass jene Ruhe herrschte, die dem Ausbruch einer Katastrophe vorangeht.

Es geschieht gegen Ende des Tages, als keiner damit rechnet. Das grüne Licht auf dem Radarschirm erleuchtet im Halbdunkel das Gesicht des Offiziers Jeworski, so dass man weiße Haare auf dem schlecht rasierten Kinn erkennen kann.

"Da ist sie." Er zeigt auf einen hellen Punkt auf dem Radarschirm.

Die *DESERTEC*, das bedeutendste Begleitschiff, ausgerüstet mit sämtlichem Hightech-Geräten, erleidet Schiffsbruch als sie nach freien Räumen zwischen den größten Wellen sucht, um zu wenden, und auf einen Felsen aufläuft. Bis zuletzt meldet der Funk jede Menge Maydays von dem Schiff in Seenot.

Niemand auf der *Munich RE* spricht ein Wort. Das deutsche Schiff selbst kann nicht eingreifen, es ist zu weit entfernt. Doch als sich ein gut ausgerüstetes Schiff, die *Club of Rome,* nähert, flackert wie eine vom Sturm erfasste Kerze noch einmal Hoffnung auf. Aber es ist zu spät.

"Sie sind schnell bei der Hand im Plattmachen", sagt jemand, der scheinbar nichts Genaueres darüber weiß, für sie alle.

Dann geht die *DESERTEC* unter, was sie am plötzlichen Erlöschen des weißen Punktes merken. Einen Moment lang ist es im Kontrollraum still wie auf der finsteren Seite des Mondes, während tausende Meilen entfernt Politiker eindrucksvoll ihre Entschlossenheit zum Ausbau erneuerbarer Energien und zu einer globalen Energiewende beschwören.

Das Unglück trifft den Käpt'n und die Offiziere der *Munich RE* bis ins Mark, denn sie haben dieses Schiff zum großen Teil mit konstruiert und eifrig daran herumgezimmert, gemalt, geflickt. Doch der Zustand der Begeisterung ist noch nichts Visionäres und es zeigte sich, dass eine nur auf der Do-It-Yourself-Enzyklopädie beruhende Strategie nicht funktionieren konnte. Partner mussten her, und die kamen zuhauf – und wollten mitbestimmen über Ausstattung, Takelage und Kurs. Es gab viel Hickhack und unterschiedliche nationale Interessen. Kein Wunder, dass bereits beim ersten schweren Sturm, dem das Schiff ausgesetzt war, das Gefürchtete, das Erwartete, das Unvermeidliche geschah.

Trotzdem wüsste der Käpt'n doch zu gern, warum das Schiff auf den einzigen Felsen in diesem Teil des Meeres auflief, als der ambitionierte Plan vom unabhängigen Konsortium "Desertec Industrial Initiative" zur Sprache gebracht wurde. "Es sind harte Zeiten", sagt er, nur um etwas zu sagen. Es folgen bestimmte Schilderungen, die ich wegen meiner Unkenntnis der detaillierten Umweltschutzbestimmungen nicht wiedergeben kann – CO2-Fussabdruck und so weiter.

Die Leiden des Käpt'n sind unerträglich, man hätte sich gewünscht, er würde einmal "Ach, Scheiße" sagen oder "Fick dich, Hermann, oder "Halt doch einfach mal die Fresse, Lars". Stattdessen bekommt er lediglich ein komisches Gefühl, die keuchende Leere vergeudeter Zeit. Er spürt, ohne zu wissen warum, den Zugriff der Geschichte wie eine Schlinge um den Hals. Doch das Leben geht weiter.

35

Einer seiner Offiziere ringt sich zu der Frage durch: "Und was geschieht, wenn Dir, Käpt'n, etwas zustößt?"

Bei der Beantwortung dieser Frage rührt der Käpt'n sich nicht unter

dem Hut, der seine Gesichtszüge verbirgt. Er zögert, unschlüssig, was er sagen soll, dann gelingt ihm ein: "In diesem Fall ist die *Munich RE* nicht mehr meine Angelegenheit", und seine lebhafte Stimme, besonders reizvoll durch den portugiesischen weichen und musikalischen Klang, klingt schneidig und dogmatisch durch das Gehege seiner Zähne.

Er schließt seine dünnen Lippen einen Augenblick, aber, heftig darauf bedacht, weiterzureden, hebt er die gespreizte Hand an die Brille, welche die letzten Strahlen der über dem atlantischen Ozean untergehenden Sonne reflektiert, fasst mit zitternden Daumen und Ringfinger leicht die feine schwarze Einfassung und gibt ihr einen anderen Fokus.

Doch er überlegt es sich anders und hüllt sich in eines jener großen Schweigen, die das Kommen der Gewitterwolken ankündigen. Auch er ist trotz seiner Überzeugungen und seines Selbstvertrauens nicht immun gegen gelegentliche Anfälle von Zweifel. Über ein Jahr ist vertan, und nicht näher weiß er sich noch seinem eigentlichen Ziel als an dem Tage, da er wegsteuerte aus Bremerhaven.

Zwei Monate noch, erzählt er ihnen. Gebt euer Bestes Leute, so beschwatzt er sie.

Wochen gleiten dahin.
Monate.

36

Dämmerung. Irgendwann im August. Unfähig zu schlafen steckt Charlie sich eine Zigarette an. Der Rauch brennt ihm im Hals.

Da – plötzlich!

Dieser helle Fleck, dieses Nichts in der Ferne flößt schlicht Entsetzen ein. Es ist nicht die umherirrende Seele eines Sklavenschiffs, das einst mit einer Ladung Schwarzer aus Guinea im Karibischen Meer untergegangen war.

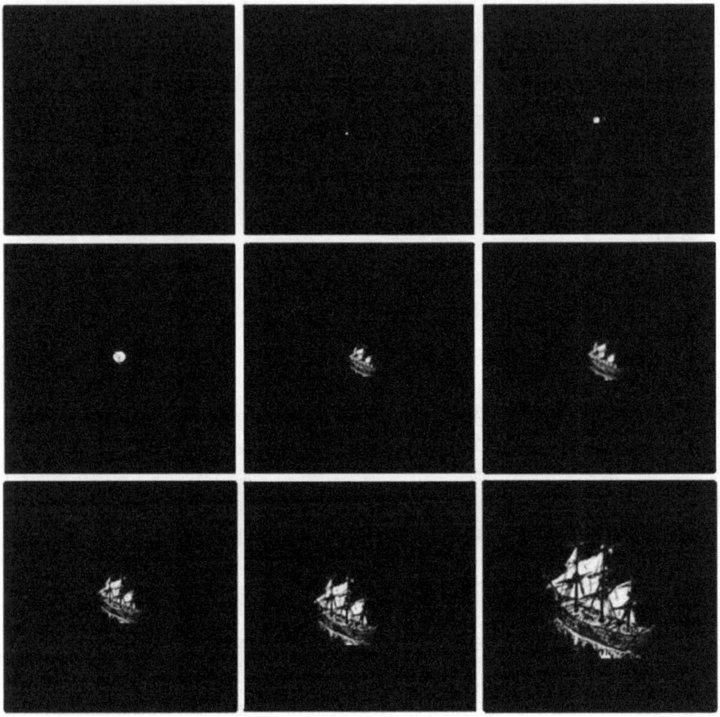

"Es ist die *Standard* & *Poor's*", flüstert Charlie.

Nachdem er dies gesagt hat, hält er ein, als hätte er ein Geheimnis verraten. Joerg, der zufällig vorbeikommt, starrt ihn einen Augenblick an, ohne sich zu bewegen. Charlie wirft die Zigarette weg und beschließt, das Rauchen für immer aufzugeben.

Wenn die Großsegel und die Klüver gesetzt sind, wenn das Toppsegel knattert, dann bietet die *Standard* & *Poor's* dem Wind mehr Fläche als jedes andere Schiff in den Weltmeeren.

Nicht wenige erschaudern vor der Majestät dieses schwimmenden Ungeheuers, eine schwarze, hohe und schreckliche Masse, die durch Wind und Regen rast, wie in einer schnellen Szene aus einem alten Schwarzweißfilm, mit dringender Musik unterlegt. Das Schiff verfügt über hervorragende Artilleristen, einer geschickten Mannschaft, die sich in vielen Gefechten gründlich ans Feuer gewöhnt hat, und einem erfahrenen Befehlshaber.

Sogar die Hafenhuren brüsten sich mit stolzen Namen der Besatzung, da man sie für etwas Edles hält.

Nicht zu vergleichen mit der *Munich RE*, die zwar über einen ausgezeichneten Kapitän und eine gut ausgebildete Mannschaft verfügt, aber kaum etwas mehr hat. Jedoch ist die Mannschaft im Nahkampf gefürchtet, und bekannt für Mut, Entschlossenheit und rasche Reflexe.

Darum versuchen feindliche Schiffe bei Seegefechten immer, sich auf Distanz zu halten, ihr die Masten zu zerschießen und ihre Decks leer zu fegen, nur um zu verhindern, dass sie nahe genug herankommt, um entern zu können, denn dabei leistet die Mannschaft ihr Bestes und setzt sich unerbittlich und unüberwindlich durch.

*

Noch ist das Flaggschiff etwa vier Meilen entfernt, die Geschwindigkeit mag ungefähr fünfzehn Knoten betragen. Mit berstenden Segeln hält es direkt auf sie zu.

Auf der Brücke des riesenhaften Schiffes stehen drei Gestalten und beobachten die *Munich RE*, vermutlich der Admiral und zwei Offiziere. Bingo, es ist Harold W. McGraw III, Admiral, der sich in seinen Mantel zu verkriechen scheint und wie ein Triebverbrecher grinst, dessen Ruf jedoch tadellos ist – in den Vereinigten Staaten. Neben ihm, an den Mast gelehnt wie ein Blutegel, Wolfgang Rief, sein Erster Nautischer Offizier. Neben ihm ist ein dritter Mann, ein Fremder, das verhutzelte Gesicht zu einem spöttischen Lächeln verzogen, offensichtlich Stabsbootsmann Stephen Searby, diese glatte, wahrscheinlich in Harvard gezüchtete Schlange, eine Kreatur seines Chefs, ohne Rückgrat und Verstand, dessen Pferdeschwanz, grau und ölig über seinen Kragen hängt wie eine bösartige Wucherung.

McGraw III sucht im fahlen Blau des Morgengrauens zu ergründen, was einige Meilen vor ihnen geschieht, ob es etwas Neues gibt.

Rief and Searby hören den Anweisungen ihres charismatischen Chefs mit einer seltsamen Mischung aus Verehrung und Abneigung zu.

Sofort informiert Rief:

… mit einer vom Tabak ruinierten Stimme, während er seinen Hals so behutsam befingert wie jemand, der rohe Eier in einen Korb legt. Ein Verrückter, das sieht man sogar von weitem. Er hat Asthma, ist kurzsichtig und zu gescheit für sein Amt. Vielleicht. Trotzdem, seine Augen sind wie Leuchtspurgeschosse und an der Seite seines Halses klettert eine tätowierte schwarze Spinne hinauf.

Der Rückversicherer aus dem Süden Deutschlands ist für McGraw III – die Yanks lieben es, römische Zahlen hinter die Namen ihrer Söhne zu setzen – bloß ein verschwindend kleiner Fleck auf der Landkarte, doch die rasanten Ratingsenkungen haben kurz ein bisschen Aufmerksamkeit erregt. Die alte Welt interessiert ihn nicht besonders.

Also handelt er, wie er es gelernt hat – das junge Amerika wird es der Alten Welt schon zeigen! So wie damals seine Vorfahren beim großen Erdbeben von San Francisco, als ein gewisser *fucking* Carl von Thieme von der Münchener Rück erst Entschädigungen leistete, als die Lizenz in den USA in Gefahr geriet.

"That's very simple, Munich RE."

Für ihn sind die Verstöße der Munich Re mehr als nur eine *Usance* in der Geschäftswelt. Kann man McGraw für eine solche Denkweise verurteilen? Die amerikanische Justiz, die er verwaltet, kennt bei der *Munich RE* niemand so ganz genau, und die Urteile entsprechen vielleicht gültigen und verborgenen Gründen.

Doch Reden allein genügt nicht. McGraw III, der sich fast der Ansicht von Heraklit anschließt, der den Krieg für den Vater aller wünschenswerten Güter hielt, beugt sich so weit vor, dass er aussieht wie ein Sprinter, der über dem Startblock kauert.

"So, fuck Munich RE", sagt er, und seine Stimme klingt so hart und erbarmungslos wie das Fallbeil einer Guillotine.

Nichts leichter als das!

Offizier Rief hebt eine Hand an die Stirn und knallt die Hacken zusammen: "Hervorragende Idee, Käpt'n."

KRAKATHOOM

37

Auf der *Munich RE* herrscht auf einmal heillose Verwirrung, Frauen kreischen, Männer hechten in Deckung. Qualm steht über dem Schiff wie eine tiefhängende Gewitterwolke. Der Schiffjunge spürt etwas Weiches unter seinem Fuß, es ist der Schwanz eines Kätzchens, das eigenartig verdreht auf den Brettern liegt, neben zwei nicht zusammengehörenden Schuhen.

Es ist immer noch nicht ganz hell und zudem leicht neblig und wie jedes Kind weiß, ist dann alles schlimmer. Geräusche werden lauter, Entfernungen verzerrt, die Vorstellung vom Ungesehenen erschafft Monster. Zornige Ausrufe, Schreie der Verwundeten, dumpfe Einschläge, Explosionen. Der Feind näher, als er wirklich ist, dann weiter weg, dann wieder näher denn je.

Doch dieses Monster *Standard* & *Poor's* ist real.

Sie sind überrumpelt worden, und es sieht übel aus, so, als hätten sie schon verloren, bevor es überhaupt anfängt. Und Pinja, da sie vielsprachig ist, betet auf Spanisch, dann in der üppigen italienischen Gebärdensprache, und in einer unbekannten Sprache.

Doch bereits beim ersten Krachen der Kanonen ist unser Käpt'n, hochgeschossen aus seiner Koje wie ein Leviathan aus den Wellen, durch seine am Kubismus orientierte Kajüte gerannt und die Gangway hinaufgestürmt.

Seine Augen sind blutunterlaufen.

Zorn umwölkt seine Stirn.

… sagt er in fröhlicher Wildheit und löst diesen Mann, der als ausgesprochen klug gilt, am Ruder ab. Christian könnte einer dieser altmodischen hanseatischen Reeder sein, die alle Meere dieser Welt befahren haben und doch den traditionellen Werten, den sittlichen und religiösen Grundsätzen treu geblieben sind. Über die Aktion ist er nicht im Geringsten besorgt, zumal der Käpt'n so viel Rechtmäßigkeit und Selbstvertrauen ausstrahlt, dass alle Zweifel sogleich zerstieben und jede Verantwortung von ihm genommen ist.

Jetzt ist der Kämpfer gefragt, die Bestie!

Schon stemmt sich der Käpt'n mit gespreizten Beinen gegen die Krängung und spürt an den Handspeichen des Steuerrads, mit welcher Kraft das Ruderblatt ins Wasser und der Wind mit mörderischer Kraft auf die Segel drückt. Er ist wild entschlossen. Und ja, der bevorstehende Kampf weckt sogar seine Abenteuerlust und versetzt ihn in eine Art von Taumel. Ihn lockt der schiere Geschmack der Gefahr wie andere das Schachspiel oder die Musik.

Die *Standard & Poor's* indessen ist außer Rand und Band. Die Gewalttätigkeit ist hier offensichtlich, greifbar, sie steht den Menschen ins Gesicht geschrieben.

Es kann nicht lange dauern, bis die *Munich RE* der *Standard & Poor's* auf der Arena des Meeres erliegt.

Unser Käpt'n kennt die möglichen Enden des Unternehmens: entweder Erfolg *d'estime* (zumindest bis zur nächsten Krise, die er schon ahnt, vor der er jedoch keine Angst hat, vorausgesetzt, er besteht die heutige Robinsonade*) oder endgültiges Scheitern, was bedeutet, man würde ihn in die Verbannung schicken oder ihn mit gebundenen Händen auf das Schafott schleifen, denn wenn er selbst keine Macht mehr hat, kann er auch nicht auf mächtige Freunde rechnen, die ihn beschützen.

[* Korrekt: Der Käpt'n führt die *Munich RE* nahezu unbeschädigt durch die nächste Seeschlacht, die Finanzkrise im Jahr 2008.

Schiffe anderer Rückversicherer, wie der *Swiss Re*, vermeintlich hochseetauglich und gegen Angriffe gewappnet, bekommen unzählige Breitseiten ab.

Die Schweizer überleben nur dank einer Kapitalspritze des US-Investors und Orakels von Omaha, Warren Buffett, der neben vielen vermeintlichen Weisheiten auch sagte: "Es herrscht Klassenkrieg, richtig, aber es ist meine Klasse, die Klasse der Reichen, die Krieg führt, und wir gewinnen."]

Das ist nur Hintergrund. Doch es bleibt keine Zeit zum Nachdenken, geschweige denn zum Schwatzen.

38

Hier folgt, was geschieht.

Die Offiziere, die Crew, dein Vater, deine Mutter können dir nicht helfen und deine katholische Erziehung auch nicht. Am logischsten wäre nach Steuerbord auszuweichen und zu befehlen:

Doch in blitzartiger, düsterer Offenbarung wird dem Käpt'n bewusst, dass sie hier draußen am Rand der Wasserwelt so keine Chance gegen den übermächtigen Gegner haben.

Plötzlich hat er eine Idee. Er weiß, was zu tun ist: Ein Ausweichmanöver!

Ein Segelschiff verträgt keine Unentschlossenheit. Was ansonsten gemächlich vor sich hin trudelt, komprimiert sich in einen einzigen Augenblick, der alles bestimmt und alles entscheidet. Dieser Augenblick bestimmt das Leben jedes Einzelnen seiner Mannschaft, seines Schiffes und vielleicht sogar den Schicksalsablauf einer ganzen Flotte. In einem Gefühl der Gelassenheit, das man Soldaten in der Hitze der Schlacht zuschreibt, befiehlt er, dem Feind auszuweichen und eine Insel zu umschiffen, die Insel der Zyklopen, was äußerst gefährlich ist, denn die schwarzen Klüfte an den Flanken der steilen Küstenfelsen haben schon für mehr Havarie und Schiffbruch gesorgt als durch alle Sirenen und Strudel sämtlicher Meere zusammengenommen.

Nicht einmal der abgefeimteste Seebär hätte im Traum daran gedacht, diese Umsegelung zu wagen, ohne vorher ein Hufeisen an den Mast zu nageln und sich selbst einen Schluck Jamaika-Rum zu genehmigen. Der atemberaubend kühne Plan erscheint ihnen absurd, obwohl von militärischer Schlichtheit: Insel umfahren, sich der *Standard & Poor's* auf ihrer schwachen Seite nähern, den Feind verwirren …

Die Schiffsglocke schlägt einmal. Das durchgelaufene Glas einer Sanduhr wird umgedreht.

Der Bug der *Munich RE* steigt, als wäre er auf Viagra, und mit einem geschwellten Stoß überholt und überrennt das deutsche Schiff die *Standard & Poor's.*

Das riskante Manöver gelingt!

Im Geschosshagel des Feindes …

… und zur Verwunderung von Admiral McGraw III ...

… umschifft die *Munich RE* die Insel der Zyklopen.

Changing Gear, womöglich sogar "Ree!" schreien und wenden – niemals! Nebel und Feuer tropfen aus seinen Augen, er reitet dieses Schiff, wie ein Mann in der Rage religiösen Rausches die Lenden einer Frau reitet.

En passant kreiert der Käpt'n bei diesem Teufelsritt einen trotzigen Slogan, den er mit einer Stimme, kalt wie ein Skalpell, einem zweifelnden Offizier zuwirft.

Der Leitsatz wird in die Annalen der *Munich RE* eingehen, wie so viele seiner wohlgesetzten Worte, die als Quelle von Wissen und Gewissheit zitiert werden.

Die Schiffsglocke schlägt doppelt.

39

Nur eine Stunde ist vergangen, und der Käpt'n steuert die *Munich RE* im beständigen Zickzack auf die schwarz geteerte Backbord-Seite des herzlosen Ungetüms zu – die schwache Seite des amerikanischen Schlachtschiffes, da es dort nur über wenige Kanonen-Schießscharten verfügt.

Jetzt sind sich die beiden ungleichen Schiffe nah genug, dass sie sich fast überhaupt nicht mehr bewegen können. Ihre beiden Radarechos wären zu einem einzigen verschmolzen, hätte unser Käpt'n nicht das GPS ausgeschaltet.

Mit einem solchen genialen Coup hat niemand gerechnet, schon gar nicht McGraw III. Beeindruckt von dieser frechen List, lässt er die Kanonen schweigen ("Feuer einstellen! Hört auf!") und schickt die Männer, die mit aufgepflanzten Bajonetten auf den Befehl zum Angriff warten, zurück in die Kajüten.

Wahrscheinlicher aber ist, dass der Admiral die Gefahr einer Niederlage beim Entern ahnt, da – wie schon gesagt – die Besatzung der *Munich RE* im Nahkampf zeigen könnte, was sie draufhat.

Wie auch immer: Wieder war es das Übermaß an Mut und Dreistigkeit, das den Gegner lähmte. Monatelang hatten sie von Hass und Hohn geprägte Kritiken gegeneinander gesprochen und geschrieben. Nun ist es vorbei mit all dieser aufgepeitschten Erregung.

*

Die beiden Schiffe entfernen sich voneinander, zwei wandernde Punkte im endlosen Ozean. Bald ist die Insel der Zyklopen eine Silhouette, eine Vermutung oder Lichttäuschung, bescheiden blass auf dem eisernen Meer.

Der Käpt'n fühlt sich wie Odysseus, der listenreiche Prinz von Ithaka. Während des Trojanischen Kriegs war er einer der wichtigsten Berater Agamemnons und ersann die List mit dem Trojanischen Pferd, wodurch die Griechen den Krieg gewannen. Dennoch hat der Käpt'n in dieser Minute für niemanden eine Mitteilung. Nichts. Nicht ein einziges Wort.

Längst ist die *Munich RE* außer Hörweite, dass selbst eine donnernde Salve von einem der von beschränkten US-Präsidenten ausgesandten gigantischen Kriegsschiffe, auf deren Deck die mechanischen Vögel wie Kinderspielzeug aussehen, nicht mehr an ihr Ohr gedrungen wäre.

40

Nur wenig später auf der *Munich RE*. Aus den Lautsprechern ertönt ein Rumpeln.

"Das war Charlie", murmelt jemand.

Tatsächlich. Charlie von Down Under ist aus seinem Krähennest ins Meer gefallen, so wie ein Nussknacker jemanden aus der Hand fällt und niemand das langbeinige Ding auffangen kann.

Hat er nicht aufgepasst? Obwohl, die Risikobewertung ist doch sein Geschäft, denn irgendwann hat er entdeckt, ohne zu merken, wie und warum, dass er und das Risiko sich verstanden wie zwei alte Kumpel.

Ach ja, die Prophezeiung des Schwarzen Schwans!

Der Käpt'n lässt das Schiff an der Stelle anhalten, was nicht einfach ist. Doch es ist gar nicht notwendig, weiter schweigende und aufmerksame Ausschau auf dem Wasser zu halten, denn schon kommt die Entwarnung. Jeder kann es sehen – oder auch nicht.

Charlie wird von Männern, die so aussehen, als hätten sie gerade ihre eigene Tochter entjungfert, aus dem eisigen, schwarzen Wasser herausgefischt und an Bord gezogen. Sie gehören zu einem gigantischen Fischkutter, der unter amerikanischer Flagge fährt und getauft ist auf *AIG*.

Die Lungen voller Wasser, blau im Gesicht, bedarf es sicher eines lebensspendenden Kusses. Einer der Männer zeigt eine Tätowierung zwischen den Daumen- und Zeigefingerknöchel seiner Hand – ein typisches Knastsymbol.

Wohl zufällig befindet sich der Kutter im Kielwasser der *Munich RE*. Dieses Monstrum *AIG* hat Berühmtheit erlangt, denn es ist extrem erfolgreich auf allen Weltmeeren unterwegs und verzeichnet die höchsten Fangquoten. Jedoch geht die Besatzung enorme Risiken ein. Ohne jede Absicherung arbeitet sie, so wie befohlen vom alten, legendären Admiral Maurice R. Greenberg, genannt "Hank", der ein

Image hat, so positiv wie das von 'nem durchgedrehten Massenmörder, aber ein Herr ist, der stets als erster durch die Tür geht.

Nun, Hank wird später gefeuert und kassiert eine Abfindung, die höher ist als das Bruttosozialprodukt von einer halben Dutzend Dritte-Welt-Länder. An seine Stelle tritt Martin J. Sullivan, ein Experte in Täuschungsmanövern und dem mysteriösen CDS-Verschlüsselungssystem, das auch er nicht versteht. Sein ganzes Tun ist bestimmt von dem Motto: *Too big to fail.* Wird schon gutgehen.*

[* Wird es nicht.

Der Kutter brennt lichterloh und der US-Versicherungsgigant AIG wird vom Steuerzahler mit 182 Milliarden Dollar vor der Pleite bewahrt, und damit auch die ganze Finanzbranche.]

Doch vorerst atmen die Männer und Frauen auf der *Munich RE* erleichtert auf. Charlie scheint auf der *AIG* in Sicherheit, wie Obermaat Manni Allmacht, aus unerfindlichen Gründen Olli genannt, betont, indem der jeden einzelnen Buchstaben in die Länge zieht. "A-I-G" – American International Group.

Charlies Zeit auf der *Munich RE* ist vorüber. Das Analysieren schwieriger Risiken machte ihm nichts aus, der für diesen Job geschaffen war, wie ein Matrose dafür geschaffen ist, auf See zu sein. Nun, Fracht und Heuer oder Ziel machen schließlich nicht viel Unterschied. Wohl aber die Macht. Vielleicht fällt er ja wieder einmal aus dem Krähennest und Leute der *Gen Re* retten ihn, bei denen er einen so guten Eindruck macht, dass er dort selbst Käpt'n wird – warum nicht!

Obwohl: Hätte er nicht pissen müssen hoch oben in seinem Krähennest, wäre Charlie nichts passiert.

Aber er musste nun mal pissen, …

**

Die *Munich RE* hatte bei den Kämpfen mit *PICC*, *EZB* und schließlich *Standard* & *Poor's* einiges abgekriegt. Die Lecks im Schiffsrumpf werden auf hoher See bedenklich.

Die *Munich RE* wird es nie und nimmer bis nach Amerika schaffen. Einigen jedenfalls ist das klar.

Doch die Männer pumpen und pumpen, bis sie vor Erschöpfung zusammenbrechen, und tatsächlich schaffen sie das fast Unmögliche:

Das Schiff zieht kein Wasser mehr!

41

Das aschgraue Morgenlicht fällt auf den erschöpften Käpt'n. Dunkle Ringe unter seinen Augen kennzeichnen den fehlenden Schlaf und lassen ihn älter aussehen.

Er betrachtet sich in einem Metallspiegel. Was seine Augen sehen, weiß ich nicht, weil kein Geschichtsschreiber seine Züge überliefert hat. Ich weiß nur, dass er sein unrasiertes Gesicht wendet und seine Augen sich nun weit öffnen, als hätte er eine Vision. Die Sonne, ein Feuerplanet, steigt nach und nach über dem Horizont auf, ein neuer Morgen, und schon bald wird die Nacht so schnell zum Tag, dass es fast wie eine optische Täuschung wirkt. Auf den Flügelspitzen ferner Flugzeuge blitzt die Sonne.

Er riecht den schwachen Jodgeruch des Atlantic, der sich von Pflanzen und Mollusken erhebt, und starrt unbeweglich auf die immer näherkommende Küste, wobei er sich ein bisschen wie ein Entdeckungsreisender auf einem neuen Kontinent vorkommt. Ein merkwürdiges Licht lässt das Land gestochen scharf erscheinen, wie München während des Föhns. Amerika, vor ewigen Zeiten Land der Sicherheit, Land der Freiheit!

Er blinzelt wie eine Eidechse auf ihrem Lieblingsstein, atmet tief, als bereite er sich auf einen riskanten Kopfsprung vor. Alle Kraft weicht aus seinem Körper. Jetzt ist er wieder ganz der Alte: der ruhige Geschäftsmann, dominant und selbstsicher. Hätte er geraucht, hätte er sich jetzt eine angezündet, aber er raucht nicht. Man merkt ihm seine Erleichterung an, denn anders als in Amerika gibt es in Deutschland keine Kultur des Scheiterns.

Er haucht auf die kratzfesten Gläser seiner Brille, sein Mund verformt sich zu einem flüsternden Oval.

Dann fährt er mit einem Tuch über die beschlagende Oberfläche, hält die Brille ins Licht und setzt sie auf – doch die auflodernden Flammen in seiner Seele, die sich widerspiegeln im Auge, verdeckt die Brille nicht. Lange und wie im Rausch blickt er in die Weite, während eine regelrechte Gedankenlava an ihm herabfließt, die sich unmöglich ergründen lässt.

Er zieht Uniform und Perücke an und ruft die völlig entkräfteten Offiziere heran, seine Freude, seinen Stolz zu teilen, so wie der heilige Nikolaus seinen Mantel, eine Legende, an die sich Bruder Ludewig erinnert, weil ihm spontan nichts Besseres einfällt.

Egal. Der Käpt'n steht im Zenit.

Sein Lächeln und die Anerkennung sind gleich einer Transfusion, die ihnen Selbstvertrauen gibt. Alle Angst der letzten Monate verschwindet.

Kein einziger auf dem Schiff bestreitet nach solcher Leistung mehr seine Autorität, abgesehen von solchen Individuen, die immer nörgeln. Amerika ist erreicht. Sofort bereiten sie sich vor und verfallen in die Landessprache, ein Erfolgskriterium der *Munich RE* auf dem Weltmeeren.

Jubel bricht aus!

Mit seinem gestreckten Finger himmelwärts wie ein Apostel spricht Bruder Ludewig: "Sehet, auch der Allmächtige steht auf unserer Seite. Ich sehe bessere Tage am Horizont aufflammen in Amerika, bessere Tage für mich und meine Leidensgenossen auf der *Munich RE.* Ich sehe ein Land, in dem Milch und Honig fließen, ich sehe es direkt vor meinen geistigen Augen. Heil Dir, neues Amerika."

"Bla, bla, bla", sagt da selbst der Schiffsjunge, noch nicht alt genug, um sich rasieren zu müssen.

42

Passagiere, die abwartend und ängstlich in ihren bescheidenen Kabinen weilten, wagen sich vor, schüchtern, scheu wie Rehe.

Unter ihnen befindet sich der illustre Maritime-Journalist Heribert Frommle.

Er ist ein Mann, der auf alles eine Antwort und für jedes Rückversicherungsproblem einen Rat weiß und dessen Pessimismus derart niederschmetternd ist, dass man stets hofft, es können nur besser und kaum noch schlechter werden. Er löst in der Regel eine nie abreisende Kette von Bedenken aus. Heribert schwitzt. Schwitzt, weil er sich noch in der dampfenden Schwüle einer Kabine befindet und weil er übergewichtig ist, und zwar krass übergewichtig, denn er schleppt gut zwanzig Kilo zuviel mit sich herum, die allesamt in seiner mächtigen Wampe konzentriert sind. Zudem hat er einen Hexenschuss, den er mit Lourdeswasser einreibt, das ihm von einer Dame geschenkt wurde, die eine Flasche von Bruder Ludewig bekam.

Heribert hievt sich in Etappen von der Bodenmatte hoch, ein Gelenk nach dem anderen. Er presst nach mehrmaligen Versuchen ein "Scheißberuf" heraus, formt mit Mittel- und Zeigefinger ein V für Victory.

"Ich bin nicht Ihr Sohn."

"Woher willst du das wissen?", sagt Heribert. "Ich komme viel rum."

Mit einigen anderen trottet er die schwankenden Stufen hinauf, um plötzlich auf dem Engpass des Decks aufzutauchen. Unausgesetzt plaudernd gehen sie auf und nieder, lächeln wie unter Schmerzen, sagen "Ay, ay, Sir!" und beanspruchen die besten Plätze an der Reling.

43

Jemand stimmt das Te Deum laudamus an, doch der Käpt'n winkt ab. Stattdessen diktiert er Rainer Küppas, der als Schreiberling angeheuert hat und der sich, nach eigenem kernigen Anspruch, als die vierte Macht repräsentiert, "Ausgezeichnete Stimmung" ins Bordbuch, ganz im Gegensatz zu den furchtbaren Notizen der letzten Monate. Die Feder läuft über das Blatt, die Argumente verketten sich, unwiderleglich.

Die Regelmäßigkeit der Aufzeichnungen scheint der militärischen Disziplin des Diktierenden geschuldet zu sein, eine reinliche Führung von Einträgen länger als ein Song von Queen, und penibel wie die Aktennoten längst vergangener Oberbeamter.

Doch an diesem Tag, und nur an diesem Tag, befindet sich ein Klecks auf der Seite, ein bräunlich-gelber Fleck, der gerieben oder gewischt worden ist. Es könnte Kaffee sein, brauner Rum oder Tränen.

Dann blähen alle ihre Nüstern und erbeben vor Begierde, denn von irgendwoher kommt plötzlich Candelaria Arenal Ponte de Albornoz – La Constanza für ihre Intimen.

Anmutig hat sie ihren Rüschenrock gerafft. Eine stolze Mestizin ist sie, verführerisch, raubgierig, lebenslustig

Schwarz ist ihr Haar, so schwarz, so tief und dicht, als würden Trauben in ihrem Nacken hängen. Ihre Augen sind mistelgrün, empfindsam und schlau, erotisch und berechnend. Im Licht der Sonnenkugel, die sich wie ein müdes altes Ungeheuer aus dem Horizont erhebt, wirken sie hell, bilden einen wunderschönen Kontrast zu ihrer leicht bräunlichen Haut und der kühnen Nase einer eleganten Gitana, deren Großmutter noch in Samba-Schuppen aufgetreten war. Sie hat eine Taille, wie man sie nicht einmal im Traum gesehen hat, eine feine, dünne Taille, nicht stärker als ein Flaschenhals. Nicht mal ein Flüstern kommt von den Männern und sie hätten nicht einmal aufgeblickt, wenn der Halley'sche Komet den Hauptmast weggefetzt hätte. Augen folgen ihr, fressen sie, löchern, neiden, wollen an sich reißen und einbrechen in die erotische Aura.

Andere Frauen sehen La Constanza kritisch, beobachten sie wie eine Kriminelle. Manche sagen, sie sei ordinär. Vielleicht ist sie das ja, aber sie ist auch großartig.

Und in irgendeinem Winkel wartet eine Gitarre ungeduldig darauf, La Constanza bei einem Lied oder einem Tanz begleiten zu dürfen.

Dem Käpt'n ist das nur recht, und gewiss erinnert ihn das an seine Jugend, kein einziges Gramm überflüssiges Körpergewicht war an ihm, in der es so etwas häufig gab und er sich gelegentlich ein bisschen Allotria erlaubte. Die Mädels, heiß wie Duftkerzen, in den Kneipen von Schwabing und auf Studentenbällen, wie den Weißen Festen zum Beispiel, wetteiferten miteinander, um mit ihm einen Twist oder schon mal einen Pasa Doble zu tanzen.

Nur mit dem rhythmischen Vor- und Zurückwerfen des Kopfes hatte er seine Schwierigkeiten, denn, je länger das Haar, umso besser der Effekt.

Es ist ein Schiffsjunge, der sagt – oder auch nicht, vielleicht täuscht mich meine Erinnerung:

Der gesegnete, ehrwürdige Bruder Ludewig von der Kirche der 'Offenen Hand' nickt und schielt von der Seite nach einigen anmutigen Mädchen wie ein Hund, der ein Stück Fleisch fortschleppt. Ein unsicheres Lächeln zieht ihm die Wangen in die Höhe, und legt seine gelben Zähne wie eine Reihe von Grabsteinen frei.

Dann hebt er die Hand ans Ohr und nimmt einen aufmerksamen, demutsvollen Ausdruck an, als erhalte er in diesem Augenblick die geheimen, vertraulichen Mitteilungen des Ozeans.

Diese unzeitgemäße Predigt kommt gut an, sind doch nicht wenige von ihnen Lästerer, und verfluchen nicht nur den christlichen Gott, sondern auch die geheimen Gottheiten ihres eigenen Pantheons.

Bruder Ludewig diente Gott als Theologe in Andechs, wie es heißt, bis ihn eine glückliche Fügung der *Munich RE* in die Arme warf, denn er ertrug es nicht, im Kloster zu bleiben und langweilige Pflichten zu erfüllen.

Das Kloster Andechs war ein Ort, in dem die Mönche nie sprachen.

Sie schliefen in ihren Särgen und standen um drei Uhr früh auf – nur weil sie damit wiedergutmachen wollten, was die Sünder draußen in der Welt an Sünden begangen hatten.

Doch zurück auf die *Munich RE.*

"Man kann unmöglich gescheiter reden, als dieser ehrwürdige Bruder es getan hat", sagt geschwind der für die Lebenden und Kranken zuständige Schiffsarzt Schneida.

"Das ist die Beredsamkeit, die einem die Kanzel verleiht", belehrt ihn Obermaat Bernhard. Und weiter: "Theolog, füll den Trog, denn dem ermüdeten Mann ist Wein eine kräftige Stärkung!"

Ernst segnet Bruder Ludewig beide, Obermaat und Weinkrug, schlägt eine dünne Seite seines Breviers um, und sagt: "Wohlan, so soll es sein."

Die fröhlich klingenden Worte lösen endgültig die Spannung, die noch vom Kampf übriggeblieben ist – obwohl sie mit der Tonsur eines Kirchenmannes nur schlecht zusammenpassen. Alle trinken, nachdem sie ihre Krüge aus glasiertem Steingut erhoben haben – Offiziere, Bootsleute, Matrosen, Schiffsjungen, die Mädels. Der Wein ist sicher nichts Besonderes, wohl aber die Gelegenheit.

Witze werden erzählt, und sie sind hin und weg und weinen fast, und ein junger Mann, der einen Abschluss in Seemannsknoten-Management macht, kippt einen Becker Rum auf ex, einen Meter vom Käpt'n entfernt.

In diesen Tagen wird die baufällige, wackelige Lokustür öfter aufgestoßen, als in anderen Zeiten. Irgendwann liegen sie in irgendwelchen Ecken, kurz vor der Bewusstlosigkeit oder ganz im Nirwana, wobei sie sich instinktiv in derselben Rangordnung zusammenfinden, die sie gewohnt sind.

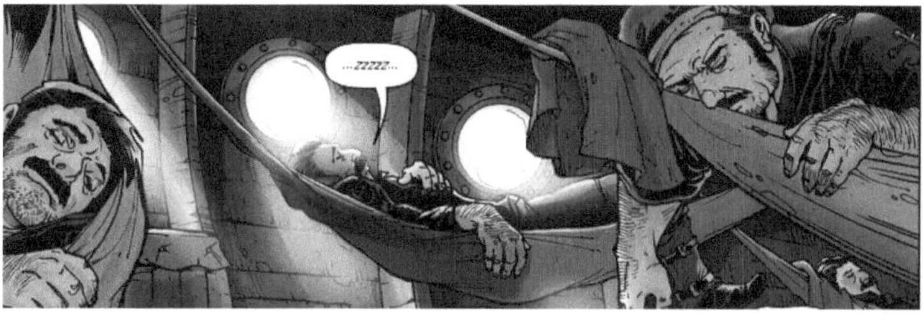

*

Ich weiß wenig von dem, was in den vergangenen Tagen und Nächten geschehen ist, kann mich kaum an Aktivitäten und Wetterunregelmäßigkeiten erinnern, erinnere mich nur an Halsschmerzen und die begeisterten Gesänge.

45

Ein Fähnrich zur See, ganz und gar nicht betrunken, taucht aus dem Unterdeck auf, und fuchtelt mit den Armen wie ein großer Wasservogel, der aus einem Sumpf auffliegen will. Kurz eingenickt hatte er einen seltsamen Traum. Schweine habe er gesehen, mit gesprenkelten Bäuchen und rauen, rostig glänzenden Borsten, schimmernd wie Seide – doch das seien seine Gefährten gewesen. Er nennt ihre Namen. Eine schöne Frau, die er bis ins kleinste Detail beschreibt, habe diese wundersame Verwandlung vollzogen.

Nun, eigentlich war dieser Fähnrich, während auf Deck der Teufel los war, in seine Kajüte gestiegen und hatte die Tür hinter sich geschlossen. Dann zündete er eine Kerze an und hob den Deckel der Holztruhe, in dem sich die Frauen verbargen. Da lagen sie eng aneinandergeschmiegt, seine Lieblinge, achtzehn an der Zahl aus dem Playboy-Magazin, zwar nicht ganz reale, aber dafür umso bezaubernдere Geschöpfe – und sie gehörten zu ihm, und zwar so ganz und gar, wie wirkliche Frauen es niemals vermocht hätten.

...

...

Doch da sei er aufgewacht, vom Grunzen der Schweine, dieser zum Tode verdammten klugen Tiere.

"Was ist mit mir geschehen?" habe er gedacht. Die ganze Welt scheint wie verwandelt und noch weiter in Verwandlung. Es ist kein Traum gewesen. Er habe sich auf die Schweine gestürzt, doch die waren ihm zu schnell gewesen.

Niemand glaubt ihm, auch, weil die Namen (der Schweine), die er genannt hat, gerade übers Deck marschieren und Befehle erteilen.

Es trifft sich, dass Rainer Küppas an Deck ist. Einer, der über den mongolischen Schamanismus und die Heiratsriten der Q'ero-Indianer in der schneebedeckten Vilcanota-Gebirgskette von Peru sprechen kann, oder über die alten Mayas, die den Toten gesprungene Vasen beigaben, zerbrochene Tassen und angelaufene Armbänder, somit die Toten als willkommene Möglichkeit der Müllentsorgung nutzten.

Fieberhaft überlegt er eine Erklärung für die Schweinegeschichte.

"Das war Circe, eine Hexe, Tochter des Helios und der Nymphe Perse", probiert er aufs Geratewohl. Viele nicken zustimmend. Nur Holger Arnljotsson lacht wie das verwundete, sich aufbäumende Pferd auf Picassos *Guernica.*

Wie bereits gesagt, die Zeiten sind trügerisch, Halluzinationen an der Tagesordnung.

46

Noch während der günstige Wind und die heiteren Reden anhalten, und obwohl Thorben Jeworski, Offizier, denkt, der Himmel weiß, wie viele Liebhaber sie schon gehabt haben mag, wirft er La Constanza einen Blick zu, der keiner Deutung bedarf.

Er lächelt wie ein Haifisch, der einen Köder umkreist – jenes Lächeln, das Männer für einladend halten. Thorben, der ein wüstes Leben hinter sich hat, voller Zweikämpfe, toller Wetten und Frauengeschichten. Wen Frauen erwählen, ist eines der unergründlichen Mysterien.

Um ihre Wirkung auf ihn zu prüfen, beugt sich La Constanza ein wenig vor und blickt hinunter, keinesfalls ängstlich, greift ihn beim Handgelenk, dessen Adern geschwollen sind, – und Thorben verschwindet beschwingtem Schrittes mit der unzüchtigen Führerin, deren geschwungenes Mysterium ihrer Rundungen ihn in den Wahnsinn treibt.

Nur Minuten später. La Constanza presst sich gegen Thorben. Ihre Finger streicheln ihm sanft über die Wangen, über den Hals – schieben sich in seine Taschen und kramen darin, bis sie ein paar Scheine finden, womöglich seine letzten. Dann steigt sie, die Verkörperung der Anmut, aus dem lächerlichen Rest ihrer Kleidung, als würde sie einem kühlen, sauberen Bergbach entsteigen.

…

…*

[* Es war unumgänglich, hier ein paar Zeilen wegzulassen.]

Viel später.

Thorben beginnt von sich selbst und von der ehemaligen DDR zu erzählen. Und La Constanza, deren Haar sich übers Kissen ergießt wie verschüttete Tinte, gleitet wie eine sich häutende Schlange zwischen den nicht mehr weißen Laken hervor und sagt, es sei höchste Zeit an Deck zu gehen.

La Constanza schlüpft davon.

Thorben zischt zwischen unbewegten Lippen Sächsisches, das mit "Nu mach's ma halblang" endet.

Als die Schöne in Offiziersuniform erscheint, die sie, trotz der kühlen Luft, die über das feuchte Deck zieht, nicht zugeknöpft hat, gibt das zu denken.

So nebenbei erzählt sie auch von einer Tätowierung in blauer, chinesischer Tusche auf Thorbens Brust, die einen Hammer und einen Zirkel darstellen sollte.

Doch der Käpt'n ignoriert all das geflissentlich, ist er doch ein um Zurückhaltung bemühter Schiffsführer mit der Fähigkeit zur Selbstreflexion.

Thorben … schließlich hätte ihm das auch passieren können.

Plötzlich geht ihm das Wort 'Leidenschaft' durch den Kopf. Wehmütig denkt er an seine Jugendzeit und an die sieben Jahre mit dieser jungen Nymphe. Calypso hieß sie. Die Erotik zwischen ihnen war so wie nichts, was er je erfahren hat, höchstens vielleicht das Durchlaufen des Zielbands am Ende eines Marathons.

Aber letztendlich ist alles überhaupt nicht so wichtig. Irgendwann steige ich in der öffentlichen Meinung bergan und im gleichen Maße absteigend verlässt mich das Leben, sinniert er. Eines Tages würden sie alle sterben. Bedeutender kann er nicht mehr werden, weder in diesem noch im nächsten Leben. Falls es ein nächstes gibt, flüstert ein Teufel in ihm – das alte *memento mori*, der Schädel auf dem Tisch der Mönchszelle, auf modern poliert.

Aber greifen wir nicht dem Leben und den Geschehnissen vor.

47

Der Käpt'n merkt plötzlich: Er ist immer noch überdreht, hat Gedanken wie eigentlich, eigentlich sei im Grunde doch jeder Geschäftsmann ein Betrüger. Nur eine hohle und nichtswürdige Redensart? Und *Usance*, ein Manöver, das nicht ganz einwandfrei ist, aber nach stillschweigender Übereinkunft in der Geschäftswelt gang und gäbe ist – wobei die Grenzlinie zwischen *Usance* und Schlimmerem nur sehr schwer zu ziehen ist! Und, sollte es tatsächlich kein Tabu sein, das deutsche Militär stärker als Auftraggeber für Forschungsprojekte einzubinden? Er muss seine überstrapazierten, galoppierenden Nerven beruhigen.

Er war nie ein großer Trinker. Heute Abend ist er einer.

Die Frage, ob er Tee wolle, kommt aber einige Takte zu spät, denn er bleibt bei seiner Bottle voll Rum der Marke Havana Club Maximo. Er trinkt direkt aus der Flasche, nimmt kräftige Schlucke, die mit der

Wucht von Schüssen die Kehle runtergehen, bis der Rum in seiner Brust angenehm brennt wie eine verhedderte Feuerschnur. Wenn er auf einem seiner Unterarme eine tätowierte nackte Frau gehabt hätte, dann hätte sie sich jedes Mal wollüstig bewegt, wenn er die Flasche hebt. Er wischt sich mit dem Handrücken den Mund ab, und alles um ihn herum scheint eine leichte Schlagseite zu haben.

Während der Käpt'n brennbare Flüssigkeiten in sich hineinschüttet, haben betrunkene Offiziere Valentina, geradewegs von den Feldern Kolumbiens und keineswegs Französin, und auch beinahe Jungfrau, nur ein paar Männer weniger, und sie wäre wirklich Jungfrau, erlaubt, sich ans Steuerrad zu stellen. Der Käpt'n wäre einer solchen Aktion nicht abgeneigt gewesen, fordert er doch mehr Frauen in verantwortungsvollen Positionen. Er ist für Gleichberechtigung. Hautfarbe, Geschlecht, sexuelle Orientierung oder ein nicht allzu langes Vorstrafenregister spielen keine Rolle.

Dann kann der Käpt'n gar nicht mehr anders. Er schaltet den Autopiloten ein und lässt das große Besansegel auftakeln, das sogleich im Wind knattert und bläht.

Ohne Probleme zerteilt der Bug des Schiffes die blaugrüne See glatt wie eine Sichel. Die Front dunkler, bedrohlich aussehender, niedriger und kompakter Wolken rücken allmählich in weite Ferne und die Geier verschwinden.

48

Logistik ist schon immer die Stärke des Käpt'n gewesen.

Vielleicht kann er später, wenn es nichts mehr zu erobern gibt, wenn er das Leben nach dem Kalender hinter sich hat, und seine Knochen sich nicht mehr dafür eignen, dass er sie lange durchweicht, seinen Lebensunterhalt damit verdienen.

Etwa dafür sorgen, dass die Dienste der Post auch bis in die ungepflasterten Gegenden vordringen, …

… die bisher nur mit Brieffalken …

… oder mit Flaschenpost erreichbar waren.

Oder gibt es eine wagemutigere Aufgabe?

Zum Beispiel in die Politik wechseln als Chief Risk Officer Deutschland? Der Kitzel, dem Unbekannten die Stirn zu bieten, das köstliche Risiko, die berauschende Erregung des Sieges über das Unbekannte, ja, des Sieges über den Schwarzen Schwan?

"Ja" sagt er zu sich selbst mit nicht ganz erklärbarer Lebhaftigkeit, "warum nicht? Aber in Wirklichkeit."

Er führt seinen Gedanken nicht zu Ende. Manche Gedanken müssen unausgesprochen bleiben, selbst im Geist unvollendet.

Mühsam kehrt er in die Gegenwart zurück. Er lässt sich im Vorderpiek nieder, zusammengerollt wie ein schweres Tau; er redet portugiesisch im Schlaf.

49

Die Sonne schabt über dem Himmel und Strandvögel flattern durch die Luft als endlich, an einem Tag im Oktober, um neun Uhr morgens jemand die *Munich RE* erspäht, mit gehissten Flaggen und Wimpel.

Als das schon langsam gewordene Schiff in den Hafen von New York einfährt, erblickt die Crew die schon längst beobachtete Statue der Freiheitsgöttin wie in einem plötzlich stärker werdenden Sonnenlicht. Ihr Arm mit dem Schwert ragt wie neuerdings empor, und um ihre Gestalt wehen die freien Lüfte – so hat Franz Kafka das in seinem *America* ausgedrückt, und es kommt der Empfindung des Käpt'n sehr nahe.

Plötzlich wimmeln Gruppen von Menschen an den Piers, gegen die sich die dunkelbraune Oberfläche des Meeres geräuschvoll in schaumigen Wogen bricht, die sich mit einer unerbittlichen und furchteinflößenden Ruhe heranwälzen.

Sie verstehen aus der Ferne noch nicht die Matrosen, warum sie winken, warum sie schreien, erfassen noch nicht die wirren Worte und den Sinn ihrer Rufe. Aber schnell fühlen sie zugleich: dies ist die Sprache des Triumphs!

Die *Munich RE*, die ihren scheinbar unvermeidlichen Untergang verhinderte, indem sie dem überlegenen Flaggschiff *Standard* & *Poor's* kühn getrotzt hatte. Ein gigantisches Loch ziert den Schiffsrumpf, Zeugnis dieser historischen Konfrontation.

Bald weicht die Strenge aus dem Gesicht des Käpt'n. Eine Kanone, begrüßt sein Schiff, …

…hart und schon verlöschend der Ton. Die Bronzerohre, die aus den wenigen Geschützpforten des deutschen Schiffes hervorragen, antworten mit lautem Getöse.

Die Segel der *Munich RE* fallen auf nahezu Zweidrittelhöhe der Masten herunter, und mit dem Focksegel, das sich bläht wie ein Ballon, kommen sie heran, gleiten im Plätschern der Wellen bis zur Hafenmitte, wo abrupt der Anker fällt.

*

Aus der ursprünglich geplanten viermonatigen Fahrt sind zwar keine zwanzig, aber doch fast zwei Jahre geworden und jedermann – und jede Frau – auf dem Schiff freut sich, dem Land nahe zu sein, wohl wissend, dass die gefährliche Fahrt bald endet und dass sie nicht mehr befürchten müssen, von widrigen Winden an die Küste geworfen zu werden.

Vorbei ist der üble Geruch des Lebens unter Deck, die scheppernden Befehle aus den Lautsprechern, Salzwasser, Bootsdrill, Fischgestank, die schwer verdaulichen Mahlzeiten, Sonne, Rabatz und das ewige Krachen einiger weniger Elemente, das einen langsam taub machte. Vorbei die Kälte und Orte, wo einem die Eier abfrieren und als kleine Kristalle an den Beinen runterkullern.

Auch wenn sie ihr Ziel vielleicht nicht voll erreicht haben, war die Leistung, die der Käpt'n und seine Leute erbracht haben, beträchtlich. Sie waren mit ihrem Kurs immerhin bis Rorac 16°41' W vorgedrungen, notwendig, um Standard & Poor's zu trotzen und Amerika zu erreichen. Obwohl: Größe und Standort des Rorac wechseln ständig, wie die größte Insel der Welt, Grönland, die sich zu bewegen scheint. Was die Frage aufwirft: Warum wechselt Grönland ständig seine Größe und seinen Standort?

50

Nur Stunden später.

Die *Standard* & *Poor's* gleitet in den New Yorker Hafen, vorbei an dem Friedhof der Namenlosen Schiffe, wo die alten Schiffe ihre letzte Fahrt antreten, um abgewrackt oder verschrottet zu werden, bevor sie unter dem Schneidbrenner enden. Schiffe, die irgendwann von der Ratingagentur zum Tode verurteilt worden sind. Verätzt und gemieden.

Ankerketten, uralte Rümpfe, bis zur letzten Schraube durchgerostet, verfault wie Aussätzige, zersplittert und gebleicht auf den Kielen kippend, als hätte ein Orkan sie an Land geschleudert.

Verrottet, wie die *Swissair*, die einst so stolze Fluggesellschaft der Schweiz, die im Labyrinth ihrer Firmenstruktur unterging.

Verrottet wie die *Arthur Andersen*, eine der Big Five Prüfungsgesellschaften, die den Bilanzschwindel Enrons teilweise deckte und nachträglich Akten zu dem Fall schreddern ließ.

Verflossen, diese Zeiten. Vorbei, besiegelt, dahin.

Das Flaggschiff *Standard & Poor's* wird begleitet von zwei kleineren amerikanischen Seglern: Die *Moodys* und die *Fitch*.

Sie sind nicht imposant bestückt, also befolgen sie die vom Flaggschiff getroffenen Kampfbefehle, obwohl sie verschiedenen Reedereien angehören, jedoch die gleichen Feinde zu haben scheinen.

Der schwarze, mit Trümmern abgewrackter Schiffe übersäte Strand gleitet langsam an Backbord und Steuerbord der *Standard & Poor's* vorbei. Ihre leeren Schießscharten, die wie blinde Augen aufs Meer gerichtet sind, zeigen immer noch eine krampfhafte Drohgebärde.

Aber das Schlachtschiff, das an diesem Morgen in den Hafen von New York einläuft, ist ein vom Schicksal besiegtes Schiff.

Zugegeben, solche Gefechte wie das mit der *Munich RE* hat es auch anderswo gegeben, aber nur sehr selten. Ja, es ist sogar zu bezweifeln, dass jemals eine ähnlich dramatische Schlacht stattgefunden hat.

*

Emigrations- und Zollbeamten betreten die *Munich RE*. Sie nehmen Haltung an, wecken durch Fragelawinen noch Schlafende auf, lassen die Feder treuherzig verfolgend auf vorgedrucktem Blatt Neins und Jas einsetzen, furchen bei einem bestimmten Paragrafen die Stirn und blicken ernsthafter als zuvor, hat man doch zu beeiden, keiner Verschwörung anzugehören, die den Mord des amerikanischen Präsidenten beabsichtige. Sie durchwühlen Truhen, Kajüten, wollen wissen, wo Goldbarren, Rauschgift, und Geld, diese verfluchten neuen Euros versteckt wären. Erst viele, sehr viele Stunden später verlassen sie das Schiff.

51

Die Nacht vergeht.

Ein Boot der New Yorker Hafenpolizei fährt an der *Munich RE* vorbei.

Die Mannschaft steht an Deck, lautlos, weihevoll, einem Staatsempfang angemessen.

Der Käpt'n ahnt bereits,  was ihn im Hauptsitz von Standard & Poor's, in New Yorks Broadway, erwartet. Er wird seine Gefühle scharf feilen und darauf warten, dass seine Stunde kommt.

52

Der Käpt'n und seine Crew bewegen sich durch die Massen auf New Yorks Straßen wie Haie durch den Ozean, geben sich gelassen, bleiben aber niemals stehen. Sie scheinen stets geradeaus zu schauen, dabei aber ringsum alles wahrzunehmen. Man kann sehen, dass einige in der Menge auf sie aufmerksam werden, dann aber rasch etwas sehr Faszinierendes auf dem Boden untere sich entdecken, das sie dringend betrachten müssen.

… entscheidet der Käpt'n.

Zumindest Offizier Joerg möchte seinen Chef begleiten. Doch der Käpt'n ist dagegen.

"Warum?", fragt Joerg. "Ich bin größer als du. Außerdem kenne ich die Bilanzen besser."

"Das ist alles richtig", sagt der Käpt'n. "Aber nein …!"

*

Der Käpt'n geht am Empire Building vorbei, wo Angelina Jolie, die reizende Schauspielerin, ihm von einem Plakat ein verschmitztes Lächeln zulächelt. Aus den Gullylöchern dampft es, als gäbe es eine unterirdische Hexenküche, als wüchsen sie weiter, die Wolkenkratzer, nach unten. Er zieht eine goldene Uhr aus der Uhrtasche und hält sie in der Länge der Uhrkette vor sich. Zehn Minuten nach Sieben.

Als er an einem Café vorbeikommt, trifft sein Blick auf den einer Frau, die allein dort sitzt. Das Gesicht erinnert ihn an jemanden, ein Mädchen mit ähnlich blondem Haar, das er einmal kannte, und ein Strom von Gedanken setzt ein. Doch er geht weiter. Der Schnee fällt so dicht, dass er die S&P-Zentrale auf der anderen Straßenseite kaum sehen kann. Die Autos bewegen sich freudlos durch den traurigen Verkehr, ihre Scheinwerfer leuchten matt und trüb.

Vor dem Gebäude stehen eine ganze Reihe teurer Wagen. Im Haus brennen mehr Lichter als bei einer Leichenfeier und als er klingelt, gibt es ein großes Gongen und Läuten. Die Sicherheitsvorkehrungen sind raffiniert. Schwere Schlösser werden entriegelt, dann öffnet ein Diener die breite, mit japanischen Schnitzereien versehene Tür. Der Käpt'n rückt seine Perücke zurecht, weil sie zu straff sitzt.

Er geht durch die Tür. Der Diener übernimmt die Führung. Sie laufen durch einen langen Korridor. Keine Teppiche, Holzfußboden, deutsche Eiche. Weit weg flattern die Echos ihrer Schritte durch die oberen Stockwerke wie verängstigte Vögel. Der Diener öffnet eine Tür am Ende des Flurs.

McGraw's Büro sieht aus wie die Kapitänskajüte eines Walfängers. Modellschiffe durchpflügen die Maserung der teuren Regale, auf denen neben Finanzanalysen, nautische Fachliteratur und Seefahrermemoiren verstauben. Sein riesiger Mahagonischreibtisch ist so alt wie der Ozean und wird von einem Modell *S&P Global* geziert, dem ganzen Stolz seines Besitzers. Zeitungen liegen geordnet auf dem Schreibtisch. Der Käpt'n tappt in dem Raum herum wie ein Tourist im Museum, während ihn der Admiral hinter seinem Schreibtisch erwartet, der versteckt in einer Ecke steht.

… witzelt der Käpt'n, trotzdem unnahbar und kühl ganz wie ein englischer Offizier, "und da dachte ich, ich komm mal vorbei, um hallo zu sagen."

Aber er hätte ebenso mit sich selbst reden können. McGraw hat nun ein Gesicht mit der Gefühlsleere einer Mumie, obwohl er auf den um Ratingerhöhung Ansuchenden wartet wie eine Vogelspinne auf die Beute. Er spreizt seine freie Hand flach auf der Tischplatte, als wären sie auf hoher See und müsste sich abstützen.

Nach geraumer Zeit sieht er zum Käpt'n herüber, schenkt ihm ein erzwungenes Lächeln, weist auf einen Sessel und probiert sein Deutsch aus: "Das ist Kapitän, jawoll", sagt er gleich zweimal; 'jawoll', das sagen die Deutschen in amerikanischen Filmen.

"Nicht nur das Wasser wird knapp, sogar die Rückversicherung wird immer weniger nachgefragt," beginnt McGraw, der eine seiner kapitalistischen Fugen spielt.

Der Käpt'n lächelt in sich hinein, nimmt den Fehdehandschuh auf und sagt ihm die folgenden oder ähnliche Worte. "Nur die Ruhe, Admiral, aber danke, dass Sie mir das sagen." Spitzfindigkeiten und Nörgelei sind nicht seine Sache.

Der Admiral weiß, was er sieht, wenn er den Käpt'n so anschaut. Jemanden, der größer ist als er, bereit zum Handeln, eindrucksvoll bewiesen in der Seeschlacht. Das ist die Botschaft, die in der Luft summt.

Hier komme ich nun zum heikelsten Punkt. Dieser hat nichts anderes zum Inhalt als jenen Dialog, der sich zwischen McGraw III und dem Käpt'n entspannt. Ich werde nicht versuchen, seine Worte wiederzugeben, die unwiederbringlich verloren sind.

Nur so viel: McGraw III kommt daher wie ein Staatsmann und fährt wie ein Schneepflug durch die Welt der Versicherungsindustrie, spickt sie mit ranzigen Kapitalisten-Späßchen, spricht breiig Eingekochtes, spuckt *Roracs*, *Loss Ratios* und *Embedded Values* wie Kirschkerne auf den Boden. In seiner Stimme schwingt eine drängelnde

Logik mit, seine Worte lassen eine Vielzahl möglicher Deutungen zu. Und er ist neugierig, eindeutig neugierig – aha, kein *Cashflow Underwriting* mehr in der Munich RE und drastische Reduzierung der Risiken in den Kapitalanlagen. Wenn der Käpt'n ihm nicht widerspricht, ist der Admiral zufrieden, weil er glaubt, ihn überzeugt zu haben, doch er ist nicht der Erste, der diesen Irrtum begeht.

Das kümmert den Käpt'n wenig. Jetzt hat er ein siegessicheres ... leicht arrogantes? ... Lächeln? Die Angelegenheit der Höherstufung des Finanzratings des deutschen Rückversicherers würde geregelt werden, noch bevor sein Besuch zu Ende ist.

Und dann ...

"I am", korrigiert der Admiral und spricht jetzt langsamer, *"McGraw"* – langsamer, noch langsamer – *"three."*

Auf dem knarrenden Tisch, nachdem er einen energischen Schlag mit dem Handrücken auf das Dokument geführt hat, eine großartige Geste, vollzieht der Käpt'n die schlichte Handlung und unterschreibt sodann mit dem deutlichen Druck der Dringlichkeit in der Hand und trocknet die Seite mit einem dünnen Löschblatt.

Der Admiral erzählt noch etwas von Amerika, da dieses Land doch die Heimat der Götter sei. Und es ist das Schicksal seiner Generation von Amerikanern, in die Welt hinauszuziehen und die Weisheit des Lebens zu erkunden. Er zitiert Tocqueville und sein *Über die Demokratie* in Amerika, ein Meisterwerk, ein Buch von unerhörter visionärer Kraft, das auf allen Gebieten neue Gedanken entwickelte, das vermutlich klügste politische Buch, das je geschrieben wurde.

Die Worte quellen aus seinem Mund, als wären sie von diesen kleinen Blasen umschlossen, wie man sie in Comic-Heften sieht. Heimat der Götter ...? Der Käpt'n hält den Kopf schräg, sieht widerwillig auf den Boden, als verfolge er den Weg einer Küchenschabe. Er runzelt die Stirn und schaut zu McGraw III, auf dessen Gesicht dieses grässliche selbstsichere Grinsen klebt. An der Wand hinterm Schreibtisch hängt ein überholter 'Kalender von 2004'. Daneben der "Make America Great Again"-Aufkleber. Nun, der Admiral versucht's ja, denkt er.

Schließlich faltet der Admiral den Vertrag so behutsam, wie er das Leichentuch über den zermalmten Körper des Käpt'n gebreitet hätte. Der Käpt'n hingegen erhebt sich aus dem Bürosessel mit einer Bewegung, welche ausdrückt: Erledigt! (Nebenbei: Der Käpt'n war im Bundeskanzleramt, er hat auf dem Stuhl von Angela Merkel gesessen, und er schwört, der McGraw III's, das schwört er, ist aus feinerem Leder.)

Sie geben sich die Hand. McGraw's Händedruck ist unnötig hart. Der Käpt'n spürt, dass er von diesem Augenblick an für ihn zu existieren aufhöre. Und damit geht er. Zwischen seinen Schulterblättern kann er die Blicke des Admirals wie Messerstiche fühlen.

*

Ein müdes Lächeln stiehlt sich über die Lippen des Käpt'n. Nur einen Moment wähnt er sich wie Hannibal vor den Toren Roms, wie ein siegreicher Kriegsheld, wie ein Mann, der niemals wieder eine Niederlage erleben würde. Denn er weiß, selbst gegen seine Lieblinge zeigt sich das Schicksal nie allzu entgegenkommend. Nur selten gestatten die Götter dem Sterblichen mehr als eine einzige unsterbliche Tat. Schon bald kann er wie Odysseus Niemand sein.

Hier verwirrt und verliert sich meine Geschichte.

53

Der Käpt'n hält das Vertragsdokument noch in den Händen, als es an der Tür klopft. Noch bevor er antworten kann, tritt ein schlanker, junger, unglaublich biegsamer Mensch ein. Es ist der wachhabende zweite Bootsmaat, ein ehrgeiziger Mann aus dem österreichischen Golling. Die Strapazen dieser Fahrt haben seine Gliedmaßen gestählt, seinen Charakter gefestigt und seinen Geist endgültig ausgebildet. Obwohl noch acht Hierarchieebenen über sich, hat sein kometenhafter Aufstieg zu den Altären der Macht bereits begonnen.

Grinsend wie ein Haifisch und im einwandfreien Englisch teilt er dem Käpt'n nervös mit:

"We should ...", er hält inne, hat den Faden verloren, nimmt neuen Anlauf: "We should ...", aber der Käpt'n sagt: "It's okay", und zieht ihn wieder an Land, besänftigt ihn durch einen gefälligen Schlag auf den Rücken und lässt ihn husten wie einen armen Tuberkulösen.

Richtig! Mit scharfen Ruderschlägen kommt ein kleines Boot auf die *Munich RE* zu. Seine Umrisse zeichnen sich in dem vom Kai des Hafens herüberschimmernden Lichtern ab.

Geschickt legt das Boot an der Backbordseite an.

Ein langes purpurnes Gewand umhüllt eine Gestalt bis zu den Sandalen. Man sieht, wie sie sich, ohne die Knie zu beugen, so geschmeidig nach vorn beugt, dass ihr Kinn die Bretter des Boots berühren. Sie hat sich in der Welt des klassisch künstlerischen Bühnentanzes an der amerikanischen Küste bewegt, und ist so gut wie nie ausgerutscht, so wie auf dem Kuhmist, auf dem Ajax in Buch 23 der *Ilias* beim Wettlauf während der großen Trauerzeremonie ausrutscht. Großartig geht sie die Jakobsleiter hinauf, zwei kräftige Hände steuern sie, und versetzt alle Männer in atemloses Staunen.

Es ist die Frau des Käpt'n, die er nach aufreibender Werbezeit für sich gewinnen konnte und ihn zu der hochfliegenden Bescheidenheit kommen ließ: "Ich mag Frauen, die sich nicht beim ersten Anklopfen ergeben."

Der Käpt'n ist überrascht. Er weiß nicht ob sie gerade gekommen ist oder ob vielleicht er sie erst nicht hatte sehen wollen, aber da ist sie, wie sie leibt und lebt. Und auf einmal fällt ihm eine Legende ein, die ihm Teiresias erzählt hatte, dieser Seher und Kenner der Geschichte. Die Legende besagt, als die Flotte des Kolumbus auf die Stände von Amerika zusteuerte, hätten die einheimischen Indianer sie nicht gesehen, weil sie sie nicht sehen konnten, buchstäblich nicht konnten, denn das Konzept von Schiffen und Galeonen oder Karavellen war ihnen so fremd, so unvorstellbar, dass es nicht in ihr Wirklichkeitssystem passte, und so beschloss ihr Geist schlichtweg, nichts dergleichen zur Kenntnis zu nehmen.

Der Käpt'n sieht seine Frau an und weist ihr irgendeinen Platz in seiner neuen Wirklichkeit zu. Sein wettergebräuntes Gesicht ist gerahmt von einem Bart, der die Farbe von Kaffeesatz hat. Dabei wollte er glattrasiert sein, wenn sie ankommt. Außerdem hatten ihn die Leute vom deutschen Konsulat bereits nahegelegt, sich zu rasieren, damit man ihn auf dem Passbild erkennen könne.

Kein Wunder, dass seine Frau ihn nicht sofort erkennt. Das ist selbstverständlich begreiflich, bedauerlich, aber doch verzeihlich. Jetzt greift sie mit ihren zierlichen Fingern nach den Tagebuchnotizen, die auf dem Schreibtisch liegen und blättert eine Seite um mit einer schnellen, ruckartigen Bewegung, einer, die ihr ganzes impulsives Wesen ausdrückt, dem so wenig zu trauen ist wie Märzeis auf der Isar. Aber was beruhigt das Herz eines Mannes, der wie ein zweiter Odysseus gegen grässliche Stürme antritt? Ein Mädchen, eine Frau, die in seine Arme gelegt wird!

"Ich weiß schon", will sie sagen, belässt es jedoch bei einem Lächeln und zeigt Intelligenz und Humor, als sie ihn bittet, doch genau ihre ersten Ballettschuhe zu beschreiben, von denen einer handgenäht, der andere hingegen von der Stange war. Keiner außer ihnen beiden weiß um dieses Geheimnis.

Sie nicken sich zu wie zwei, die eine Erfindung gemacht haben. Ohne eine Antwort abzuwarten, lächelt sie das unergründliche Lächeln der Mona Lisa, ein leichtes, rätselhaftes Lächeln, das halb entschuldigend und halb komplizenhaft wirkt – ein Lächeln, das ihm in die Lenden fährt und schwach werden lässt.

So musste wohl Penelope geblickt haben, als Odysseus nach zwanzig Jahren wieder erschien und nach seinem Bogen verlangte, um die zwölf Axtringe zu durchschießen.

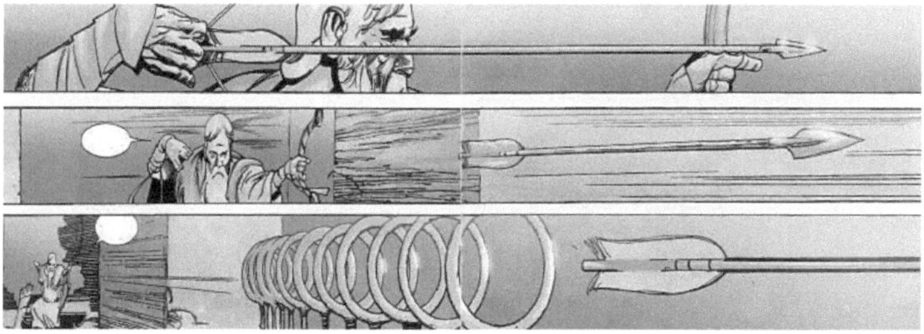

Der Käpt'n seufzt und verlangt der Form halber irgendetwas von seiner Frau. Und wie das Anbranden des Ozeans gegen Felsen auf hoher See auf eine gewaltige Tiefe und Ausdehnung schließen lässt, raschelt die starre Seide ihres Gewandes beständig wie durch ein sanftes Beben. Sie fällt ihm in die Arme wie eine vertraute Geliebte, und dann segeln sie zwei Tänze übers holzbeplankte Oberdeck.

*

Später.

"Ach, hab ich ganz vergessen zu fragen: Hast du dein Problem gelöst?"

"Ja", sagt der Käpt'n.

54

Eine Reihe von Tagen vergeht.

Alles verlief doch wie am Schnürchen, denkt der Käpt'n. Er ist mächtig wie nie zuvor, will nur noch dauern, nicht enden. Doch was stellt eine solche Macht mit einem an? Was ist das überhaupt für eine Macht? Eine politische? Eine Intellektuelle? Eine psychologische? Eine erotische? Aber Macht. Macht ist das einzige, was dem Leben Sinn gibt. Noch während er grübelt, sagt seine Frau:

"Lass uns all diese Leute loswerden. Warum verschwinden wir nicht von hier?"

"Wo willst du denn hin?"

"Ich habe an Italien gedacht."

Er überlegt und willigt ein, sobald sie wieder zurück in München sind, gemeinsam mit ihr in eine dieser uralten Städte fahren, wie Florenz oder …

Hmm, Rom!

Komme ich in einer uralten Stadt wie Rom an einer der majestätischen Bauten vorbei, vor denen einst große Männer saßen, dann spüre ich, was es heißt, nur ein unbedeutender Fleck zu sein, ein fast weißes Elementarteilchen, im Grunde Luft – vielleicht ist es das, was seine Frau mit dieser Reise beabsichtigt?

Er lehnt sich behaglich auf seinem Stuhl zurück und genießt die eigene Strenge, die Härte und sachliche Unerbittlichkeit seiner Beurteilung.

55

New York, drei Wochen später.

Den Menschen, die vor einigen Wochen von Bord der *Munich RE* gingen, sind noch immer die Strapazen der Reise anzusehen. Manchen sieht man die Last auf den ersten Blick nicht an, doch alle hatten ihr Päckchen zu tragen. Hart im Nehmen oder verletzt, je nach Schicksal oder Veranlagung.

Die Offiziere und viele stumme Zeugen jener Tage des Tumults werden nun auf Kosten der amerikanischen Regierung mit Frontier Airlines in die Alte Welt geflogen. "Geht!" hatte der Käpt'n gesagt, und dabei mit großartiger Gebärde einen Arm ausgestreckt. "Vor Euch liegt die Welt." Montagmorgen geht's wieder los. Rin in die Tretmühle.

*

Der Käpt'n lehnt sich erleichtert zurück. Hoch über ihm zieht der Jet, der vom JFK-Flughafen New York aufgestiegen ist, einen Riss durch den Himmel.

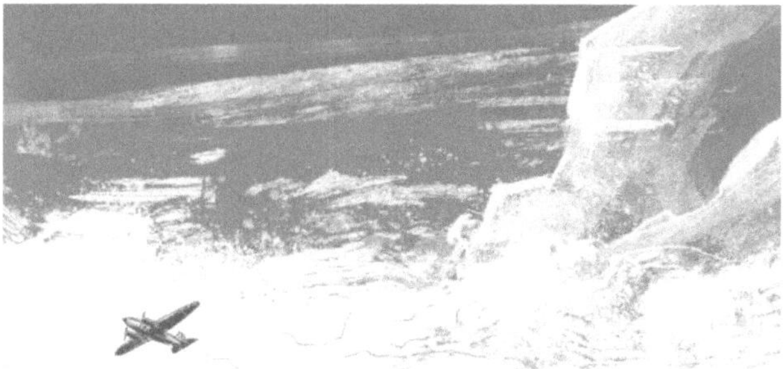

Unter der großen 767 tost im fahlen Tageslicht der Atlantik. Dem Piloten zufolge müssen die Schiffe in dem Sturm einiges einstecken. Doch von der Höhe sieht man nur eine unendlich weite, gekräuselte Meeresoberfläche, die wie die gefurchte Haut eines Greises in der letzten Lebensphase wirkt. Die Leute der *Munich RE* lassen den Atem ausströmen, sitzen aber eng angeschnallt. Über Wolken, in der Atmosphäre segelnd, wissen sie es besser als je – sie haben die Hölle überlebt.

**

Da der Käpt'n gerade so schön im Flow ist, träumt er davon, am New York-Marathon teilzunehmen, der just in vier Tagen stattfindet. Schon sieht er sich in aussichtsreicher Position auf der Zielgeraden, umjubelt von enthusiastischen Zuschauern, die ihn inständig anflehen, ihre Arme in die Höhe streckend, für Deutschland den Sieg zu erringen.

Am nächsten Morgen liest er in The New York Times die Teilnehmerliste, angeführt vom kenianischen Langstreckenläufer Paul Tergat, gefolgt von unzähligen weiteren Cracks unter dem Rest von vierzigtausend ausgemergelten Masochisten in ihren Goretex-T-Shirts. Durchtrainiert. Wesentlich durchtrainierter als er. Die allermeisten.

Und plötzlich ist sie vorbei, die Phase, in der der kontrollierende Verstand abgeschaltet ist. Die übergroßen Shorts, die seine bleichen Beine wie Stöckchen wirken lassen, zieht er aus und schiebt Zeitung und Idee beiseite.

Außerdem, er hat endlich sein Ziel erreicht, selbstsicher, kaum außer Atem, im leichten Trott, wie die besten der verbissenen athletischen Marathonläufer. Plötzlich wird ihm bewusst, dass er schon über der Hälfte seines Lebens angekommen ist; die Zeit ist sehr schnell vergangen.

56

New York, vier Wochen später.

La Constanza entscheidet sich, in Amerika zu bleiben.

Obwohl sie keine Schulbildung hatte, ließ ihr Akzent sie gebildet erscheinen, das reiche Vokabular der Lateinamerikaner, die sich ständig siezen und bitte sagen, als wären sie durchweg Akademiker. Vielleicht verallgemeinere ich jetzt, vielleicht sogar auf gefährliche Weise, aber ohne Verallgemeinerungen ist die Welt nicht zu verstehen.

Trotzdem war La Constanza überrascht, eine der Kandidatinnen in der amerikanischen Fernsehen-Reality-Show "The Apprentice" zu sein. Und dort hatte ein durchaus attraktiver Mann darauf gedrängt, sie in der Umkleidekabine näher kennenzulernen. Er nannte sich Donald Trump, wie sich später herausstellte, und war der Moderator der Sendung.

Donald war nicht leicht einzuschüchtern. Er glaubte an den Überlebenskampf im Sinne Darwins, trotz aller gegenseitigen Anzeichen glaubte er, dass er an die Spitze des Rudels aufgestiegen war und dass im Festmahl des Lebens die wohlschmeckendsten Happen zweifellos für ihn bestimmt waren. Außerdem besaß er eine ungewöhnliche Überzeugungskraft, Geld, und La Constanza presste ihren Körper an ihn, bot ihm ihre Brüste dar und gab sich ihm hin, als wäre sie ein Hauptgewinn. Wenn sie jetzt noch ihren Namen ändern und sich die Haare blond färben lasse, dann, so versprach er ihr, wird er sie heiraten *("You are hired!")*.

La Constanza war kaltblütig wie eine Eidechse, sagte …

… und ihre Tonlage verriet all die Jahre, die eine Frau an die Tresen, die Stangen, die Spiegel und den Geruch von abgestandenem Bier in den Kneipen verlieren kann.

Jetzt heißt sie Melania, ist meistens blond und ihre Chancen, ganz nach oben zu stoßen, stehen nicht schlecht.

57

New York, fünf Wochen später.

Der Käpt'n hatte es abgelehnt, New York zu verlassen und in das Innere des Landes zu gehen, denn er kannte bereits die Größe Amerikas. In New York ist das Meer und zu jeder Zeit die Möglichkeit der Rückkehr in die Heimat.

*

Einmal, nach einer endlosen, einer unerträglichen pechschwarzen Nacht, aber auch eine Nacht, in der sein Geist frei durch das Universum seines Lebens schweift, reiht sich ein Gedanke an den nächsten, wie die Ziegel einer Mauer.

Er betritt das Schiffsdeck. Auf seiner Stirn zeigt sich eine seinem Alter unangemessene und wie von einem Seismografen eingravierte Falte. Vielleicht, weil das erstaunlich jähe Umschlagen der Witterung sich nachdrücklich in Kreuz und Hüftgelenken bemerkbar macht. Seine Brille läuft an, sobald er sie aufsetzt. Globale Erwärmung. *Sie ist eine Tatsache*, und wie immer, wenn er nachdenkt, reibt er kurz die breite Stirn mit abgewinkeltem Daumen. Was steht uns bevor? Regen, Wind, Überschwemmungen in tiefen und mittleren Lagen. Hundert Prozent Wahrscheinlichkeit von Tornados, Wasserhosen, Riesenwellen.

Er schaut über das seichte Wasser, wo die immer gleichen fünf riesigen Möven mit den Wellen spielen und heiser lachend kreischen. Die Stadt ist weit weg. Eine Yacht liegt neben ihnen, ausgestreckt wie eine schlafende Katze im grauen Wasser des Hafenbeckens, und eine Frau schlendert wie eine Piratenkönigin auf Deck hin und her in ihrem leuchtend weißen Bikini.

Ein Weißkopfseeadler, der Vogel Jupiters und vieler Nationen wie auch der USA, mit Augen, die harten Edelsteinen gleichen und in deren schmalen Schlitzen pure Grausamkeit zum Ausdruck kommt, landet auf Deck und schüttelt die Flügel. Dieses Tier lebt nur für seine Bedürfnisse, deren Manifest es ist.

Der Käpt'n wiegt nachdenklich seinen Kopf.

Was nützt schon eine Geschichte ohne das Ende? Er braucht, wie man so schön sagt, Tapetenwechsel. Zwischen East River und Hudson, Central Park und Greenwich Village ging Gunzenhausen verloren. Er muss jetzt New York verlassen und nach Bayern zurückkehren, zurück nach München, der verdammt noch mal besten Stadt in Deutschland, wo er seine Geschäfte in den bedächtigen Händen einiger Prokuristen zurückgelassen hat.

Einige der Offiziere, Stephanus, Heina und Carlos zum Beispiel, werden die Gesellschaft verlassen; sie sind alt und krank und ihre vorschriftsmäßige Dienstzeit ist abgelaufen. Man wird ihnen ihren Sold auszahlen, denn schließlich haben viele den Krieg und seine Gefahren satt bekommen.

Und er muss den Rest seiner Familie sehen und dem alten Kapitän gegenübertreten, mit dem er gestern telefoniert hatte.

Ihm gefiel seine Stimme am Telefon, sie war weich und melodisch, selbstsicher, nicht großspurig, überhaupt nicht – aber sie klang seltsam in seinen Ohren, als spräche jemand anders für ihn. Gegen Ende des Gesprächs herrschte am anderen Ende ein Schweigen, das er nicht entschlüsseln konnte.

"Hmm, vielleicht sollte ich ab jetzt etwas planloser leben", denkt er plötzlich, planloser als der brasilianische Junge bei Itaim Bibi, der ihm nur die Hälfte seiner Bananen verkaufen wollte, und auf seine Frage, warum nicht alle, mit einem zum Himmel gerichteten Blick ob seiner Dümmlichkeit 'Und was soll ich am Nachmittag machen?' antwortete.

Ach was! Unsinn. Er muss noch einiges hier erledigen, denn die Art, wie Sieger Abschied nehmen, ist nicht unwichtig. Ihn dürstet nach Normalität und er hat nicht einmal Angst, einen Fehler zu machen.

Seinen Posten als CEO will er wieder ausüben und Ordnung schaffen im etwas verwahrlosten Konzern, in dem die Bürokratie sich in den letzten Jahren verdoppelt und die schlimmsten Albträume des Franz Kafka übertroffen hat.

*

Der Käpt'n fährt mit der Hand über seinen Kopf, dass man meint, er fühle sich etwas unwohl. Lachhaft, Blödsinn, nichts als Gerüchte.

Draußen sinkt die Sonne. Aber sie ist noch nicht untergegangen, denkt er.

**

Jedenfalls geht so die Legende.

Alexander Ritterbach kennt sie gut, dieses Gemenge aus Hörensagen, Vermutungen und Schilderungen aus dritter Hand, absichtlichen Verzerrungen und reinen Fiktionen, erfunden von den Beteiligten und deren Sympathisanten.

ENDE

Bildnachweise

37	Vector illustration of Ahab. By Ron and Joe	shutterstock
55	Vintage Cartoon Weltkarte By Porcupen	shutterstock
134	"Kampf der Elemente" By Reinhold M. Eichlers	suedwatch.de

ISBN 978-3-7549-3336-7
00001
9 783754 933367
www.epubli.de